四平街
女学校予定地
商業学校予定地
博物館
陳列館
予定地
取引所宿舎
病院
小学校
満鉄社宅
公学堂
弘中商店
憲兵隊分遣所
警察署
四平街駅
四平街

私の歩んだ道

私の昭和・私の平成

小中和子

澪標

キルト作品

展示会にて

2014, 5.22 ～ 24
ATC出展作

「フェスタかがやき 2015」にて

2015年3月15日

家族そろってお店の前で(20数年前)

渡満前の父
(35 ～ 36歳の頃)

居酒屋「よってみて」にて
(平成7年頃)

私の歩んだ道——私の昭和・私の平成

目次

I　私の歩んだ道

Ⅱ　あの日、この時

Ⅲ　資料　143

装幀　森本良成

I　私の歩んだ道

満州へ

私にはいまだに夢か現実か、淡くおぼろげに浮かんでは消える光景がある。

出航する客船に立って、七色のテープがゆらめき舞っているのをただ呆然と見つめていて、やがてもの悲しいドラの音が響き渡ると無性に涙が溢れて、母の手を強く握りしめている。

小学校に上がる前の前の年だった。両親と私たち三人の子供の五人家族が、父の転勤で共に奉天に移住することになった。当時渡満するに当たっては、親戚、知人から、水盃を交わす程の思いだったと聞かされていた。両親は、見送りに来られた方々と、丁寧にひとりひとり別れを惜しんでいる。

母は乳呑児を片手に抱きしめ、脇には妹が寄りそって、表情を固くしながらキョトンと大きな眼をうつろにしている。私は母の空いている手を握りしめながら不安感と好奇心とを抑えて母の横顔をそっと下からうかがってばかりいた。

「遠方に行きはるねんなぁ、向こうでは生水は飲まんように、寒い国やから特に子供は気い付けてなぁ」

　口々に激励とも慰めともつかない声が聞こえるが、そのなかで幾度となく繰り返される、「遠方」という言葉が気になっていた。その言葉の響きが、理由もなく不安で暗く怖い所だと想像して、嫌な感じだったが、大きな背中を向けた父の、屈託なく朗らかな笑い声には少し安心した。

　この船は神戸港から大連までの大型豪華客船で、当時としては珍しい、娯楽施設やホールもあって映画も上映されるとか聞いていた。今とちがって長旅で一週間余りの航海であった。出航を知らせるドラの音が響きわたると、見送人は、三々五々と桟橋を降りて行く。色とりどりのテープが美しく弧を描いて、まるで綾取りの糸のように絡み合っては千切れて、旅立つ人と波止場の人々とをかろうじて繋ぎ揺らいでいた。船はゆっくりと岸壁を離れて行き、徐々に小さくなって行く。人々が見えなくなるまで、私達は甲板に立ち尽くしていた。

　初めての船旅は穏やかで快適だったが、船内どこへ行っても、強いペンキと、鉄の混ざり合ったような異臭が漂って、これが船の匂いかも知れないと思い我慢した。

　ビリヤードや卓球台のある広いホールもあったようだが、幼い私には興味がなくて、ほとんど甲板に出て海を眺めたり、船尾に白く描かれる波を見つめて時間を潰していた。

瀬戸内の海は、まるで鏡のようでキラキラと光り、そのなかに小さな島々が次々と形を変えて姿を現し、飽きることがなかった。だが日を追うごとに景色は一変し、どちらを向いても水平線しか見えなくなって、何の変化もなく楽しみが失われ母に愚痴った。

「いつまでこの船に乗るの、いつ港に着くの」

と何度も聞いては困らせた。

東シナ海、黄海を経て大連までの船旅は、とても理解できなくて、退屈した私は部屋で絵本を読んだりして時間を持て余していたが、ようやく無事に大連の港についた。

次は特急「あじあ」の寝台車に乗り換え北へ北へと奉天に向かった。父は、

「この汽車は日本が造った最新の列車だよ」

と自慢げに話すのを黙って聴いていた。特急であると聞かされていたが、私には速いのか遅いのかもわからず、ただガタンゴトンとリズミカルな響きのみに聴きいっていた。

こうして満州の地に足を降ろしたのだった。

奉天

船旅から特急「あじあ」と乗り継いで、長い旅を経て奉天に着いたが何もかも初めての経験で驚きの連続だった。車窓から眺めたあの広々とした大地は何処へ行ったのかと思うほど、駅や周辺は賑わい整っている。

「あれがヤマトホテルだよ」

と教えられた、が私は大阪でも一、二度しか行ったことがない日本のデパートのような大きな建物が幾つもあるので、ただ辺りをキョロキョロと見回すばかりだった。気がつくとマーチョ（馬車）に乗っていた。この乗り物も初体験で、満人が馬の後ろから鞭を振り上げ大声を発していた。暫く揺られた後、やっと長い旅も終わり、我が家に着いたところで、また仰天したのだった。平屋の木造家屋にしか住んだことがなかったのに、今度は鉄筋の三階に住むことになったからだった。

アパートみたいな、今でいう団地のような建物である。

周囲には同じ型の建物が何棟もあった。

日々の生活の細かい記憶は思い出せないが、ただ、近くに広いきれいな公園があり、天気のよい日には足繁く遊びにいった。そこでは青い眼の白系ロシア人の子供や、小奇麗な身なりの満人や朝鮮人の子供もいて、珍しさもあってすぐに仲良くなった。はじめは身振り手振りでなんとか通じていたがその内に簡単な言葉を覚えて、シーソーやブランコに興じていた。友達ができたのが嬉しくて、とても楽しい日々を過ごしていた。

だが、私の不吉な予感が的中したかのように、両親はやがて、下の二人の子供の病気に悩まされるようになった。

幼い二人の弟妹がかわるがわる医者通いに明け暮れた。

私だけは幸い病気になった覚えはなく徐々に友達も増え街の様子にも慣れ、そこには日本では見ることのない馬車や人力車と呼ぶ乗り物が行き交い、砂埃を上げて走り街は活気に満ちていた。父によると、毎年春になると中国大陸から黄砂が飛んできて、街の空気が黄色っぽくなり、ともすれば口の中や鼻にまで入ってくるそうだ。その時季はもう過ぎていたが、何となく埃っぽくて乾いた土の匂いがした。

弟と妹は下痢に始まり、風邪から高熱を出し、気管支を患い、母は馴れない異国での医者

通いに心身ともに疲れ果ててしまったようだ。父も、
「これからの寒さには耐えられないだろう。今のうちに大阪へ帰り治療をしなさい」
と告げ、早々と帰国の手配に入った。私だけは、先日父と初めて行った奉天の繁華街で買ってもらった豹柄のシューバ（毛皮）のコートはどうなるの？　などと余計な思いにふけっていた。

そのコートは動物の匂いがかすかに残っていたが、父と二人で買い物に行ったので特に印象が深い。というのも父は厳格な人で、時には頼もしく感じる事はあっても、今まで一緒に暮らしたことがほとんどなかったのだった。父は早くに渡満していて家のなかはいつも母子家庭のようであった。

その父と二人で乗った汽車や歩いた街並みが浮かんでくる。

横文字の看板が軒に連なり、まるで西洋へ来たのかとも思えるモダンな街である。ほとんどは、ロシア人が経営していると聞いていた。そのなかの一軒で私と妹のお揃いのコート、帽子、手袋一式を買い父は大きな箱をぶら下げて歩き、私は後を小走りでついて歩く。つぎは立派なレストランに入ることになり、大股で歩く父の後ろからついて歩調を合わせるのが精一杯だった。その店は広くて大きな円卓を囲んで沢山の客で賑っていた。

「何か食べたいものは？」

と訊かれた気もするが、なにを注文し、どのような料理を食べたのかも思いだせない。ただ、周りの雰囲気が珍しく、体格のよい白人や美しい中国服を着た人たちばかりを目で追っていた。

大阪のデパートの食堂とは、全く雰囲気が違うのを存分に味わった。これまでは、父の存在や有難さをあまり感じることのなかった私だが、この日を境にして身近に感じるようになった。

だがその後両親は、用意したコートの事など意に介した様子もなく帰国の準備に追われていて、家の中はミカン箱の山になっていた。秋風の吹き始めた九月半ば頃追われるように帰路についた。

列車は特急「あじあ」だったのか判らない。ただ大連からの船は急なことで切符が取れず、船尾の下の階で三等船室だった。前回乗った船と全く違うと落胆したがそれだけでなく丁度玄界灘に差し掛かった際、時化に遭い木の葉のように揺れに揺れた。沈没するのかと思うほど階段からは海水が流れ落ちてきて、恐怖に震えていたが、父や船員さんは、

「大丈夫だよ、船尾だからよく揺れる部屋なのだよ」

といって乗客に洗面器を配って励ましていた。

断片的であるが、この数ヶ月の数々の体験は深く脳裏に焼きついていて、今でも離れない。

父は家族を大阪まで送り届けると、郊外に貸家を探して私たちを落ち着かせて、また早々と奉天へ単身赴任の途についた。その後は平穏な母子家庭の生活に戻ったが、その時にはまた、数年後再び渡満することになるとは想像もしなかった。

再び満州へ――昭和十八年

父が単身赴任で満州に行った後には、恵美須町から出ている南海平野線の田辺駅近くにある借家で、母子が平穏に暮らし、太平洋戦争が始まっていたにも拘わらず、私たちも無邪気で陽気な小学生として平凡に暮らしていた。当時近所には、半紙に貸家と書いて斜めに張っているのを良く見かけたものだった。このあたりは新興住宅地だったのだろう。

三年生の時だったか皇紀二千六百年の祭典には、提灯行列に参加したのも記憶にあり、そのころ戦況は華々しく勝利を伝えていた。

母の両親は早くに死別・父方の祖母が、南海平野線の恵美須町から青いチンチン電車に乗って、両手に大きな風呂敷包みを抱えては食料を持ってきてくれる回数が増していた。私はうれしくて包みを開けるのが待ち遠しく、おばあちゃんの顔を見るのが楽しみだった。

実は食糧、衣料等が配給になり、わが家の虚弱体質の子供に食べさせる為の気遣いだったのは後になってわかったが、近くの「いづもや」に頼んであった、うなぎや、うなぎの肝を焼いたものが竹の皮に包んであり、香ばしい匂いに駆け寄ったものだ。

そんな日々の或る日、父から、内地は今後統制が厳しくなるから、幸い官舎が用意されているので、こちらへ来る様にと連絡してきたらしい。そこで翌年の春、新学期に間に合わせてまた渡満する事になった。昭和十八年だった。

前回の渡満の時は神戸から大連までの航海だったが、戦況によりその航路は廃止されて、関釜連絡線で行くことになった。


父が迎えに帰国してくれて、家族六人で下関から釜山まで数時間船に乗った。乗船すると間もなく、船員さんから注意事項の説明と救命具のつけ方を教わった。難しい事はよく理解できなかったが父母に聞くと、この海峡にも魚雷があり危険だと言うことだった。私はこのような危険をおかして行く航路とは、どのようなところか、またもや不安と希望のいり混じった複雑な思いにかられていた。

前回渡満した時は開戦前で、大連まで豪華客船、奉天までは満鉄の誇る特急「あじあ」でと、初めての旅に目を輝かせて興味津々だったが、今回は釜山で旅館に一泊し、翌日は長い朝鮮半島を縦断する列車に乗った。途中幾つかの街では停車したが、後は北へ北へと平原をただひたすら走るのみであった。

時折土塀が続き家らしい集落が見えるだけで、日本の風景とは随分違うなぁと感じていた。車内も満員で朝鮮人、中国人が大勢いて異臭が漂っていた。タバコやニンニクの匂い、彼らの話す大声が聞こえる。何を言っているのか解らなく、ただ騒々しさには悩まされた。

何時間走ったのか、新義州で下車。父の知人宅で一泊した。幼児を連れての長旅なので配慮されたもののようだ。このお宅の若いご夫妻に親切にして頂いたのを今でも記憶に残している。父とは仕事上の間がらなのか知るよしもなかったが、「まあまあ、疲れたでしょう、ゆっくり休んで下さい。まだ先が長いですから」

とやさしく世話をしてくださった。今でも地図をみると、懐かしさと、若いご夫婦は戦後どう過ごされたのかと気にかかる。

新義州は朝鮮半島の付け根のところにあり、記憶に間違いがなければ翌日乗り換えて間もなく、鴨緑江を渡った。これが川かと思うほど、海のように広くて大きく、対岸など見えない。「ここが国境で、渡り終わると満州国だよ」

との父の説明にうなずいた。

国境を渡っている実感より、深緑の海のような川面を眺めていた。耳には、ガタン、ゴトンと、鉄橋を渡るリズミカルな音がいつまでも響いていた。

猛　四歳
育子　六ヶ月目
和子　十歳
昌子　六歳

四平省・昌図の街で

数年前瀋陽に行った時は何となく都会的な雰囲気があり、新京（長春）に次ぐ街であったが、今度行くのは県庁所在地であるものの、片田舎だと父から言われていた。

そして四平省の昌図という駅に着いた。地理的には長春と瀋陽の中間にある小都市で、駅舎は小さく警察署や郵便局も並んではいたが、古びた田舎の風情が漂っていた。

官舎は赤レンガの塀に囲まれ、玄関には大きな柳の木が両側から頭をたれて芽を吹くばかりになっている。もう雪はなく、春の訪れを待ちわびているかのようだった。

家のなかは大きくて広く、ゆったりした間取りの部屋が幾つもあった。応接間には大きなストーブ。家の中心部の廊下にはペチカ、茶の間にはオンドルと暖房設備は充実している。ただ、お風呂は五右衛門風呂で、最初は浮いている板を上手に踏めず、熱い、熱いと騒いで入っていたが、そこは子供の素早い運動神経と順応性で、すぐに上手に出入りすることを覚えた。

春には五年生として昌図小学校（日本人学校）に編入し、大阪から来たと紹介され、教壇に立ってピョコンとお辞儀をした。皆は最初、物珍しく見ていたが喜んで歓迎してくれた。学校はレンガ造りの立派な建物だったが、生徒は少なく各学年十余名で複式授業であった。先生も校長以下六、七人で生徒は仲良く助け合って、勉強に遊びに余念がなく、私は見聞きするもの全てに関心があり、興味をそそられた。

学校までは二十分程かかったが同級生が誘いに来てくれ、帰りも何人かの友達と一緒に帰る。途中マーチョが通りかかると、マーチョの後ろに渡してある板の上に、三人ほど後ろ向きの姿勢で、ちょこんと座ったりしたが、馬上の満人は笑って許してくれた。

夏には庭一面に私の背丈より高く伸びている大きなヒマワリが咲き乱れ、塀の周りには母が家事の合間に育てたキュウリ、トマトがたくさん実をつけていた。しかし夏の期間は短くて、日中の暑さに比べ朝夕は涼しい。油断をしていると急に冬将軍がやってくる。裏庭のコスモスが咲き乱れる頃になると、父と共に奉天へ防寒着を買いに行った。

数年前に買い物に来た時とは街の様子は余り変わっていないようで、それも懐かしく感じた。

このとき買った物は、以前買った物と違い、毛足が長く茶色のフワフワした毛皮でとても温かそうだった。耳のついた帽子や皮の手袋など、少し大きめの品を選んだ。秋は足早に過ぎ去り、厳寒の冬がやって来た。手足は母の編んでくれた毛糸の手袋、靴下を下に重ね、その上に皮の手袋などをはめた。新品のコートを着て通学したが、体感的な寒さは思い出せない。浮かんでくるのは、運動場がスケート場になっていて、スケート靴を履き、楽しく走り回ったことばかりが印象深く残っている。

教室には大きな石炭ストーブが赤々と燃えており、お弁当を温めることも出来た。黒ダイヤと呼ばれていた石炭は、南の鞍山や撫順の炭鉱から運ばれてくると聞かされていた。帰宅すると屋内は温かくて、父は夕飯の時などいつもシャツ一枚になっていた。特にすきやきの時には汗ばんでしまう。多分豚肉だと思うが牛肉より美味しく、豆腐は内地のものより少し固めであったが白菜等野菜は豊富にあった。

軒には太いツララがぶら下がり、二重窓のガラスには美しい雪の結晶が幾何学模様を描いている。雪は比較的少なかったようだがそれでも五十センチ位は積もる。膝下が埋もれたが歩けることは歩けた。この頃こちらは食糧も豊富で、広い納屋には豚肉の大きな塊がゴロゴロと横たわり、凍っていた。自然が冷凍庫の役目をしていたのだ。野菜もたくさん保存してあり、越冬に備えていた。近所の主婦に教わったという餃子を、母と二人で試行錯誤しながら作るのも楽しみの一つであった。

元旦には父の部下の満人が団体で年賀に来る。三十人くらいは来ただろうか。晦日に両親と三人で徹夜をして作った餃子がアッと言う間になくなり、日本の味のぜんざいも大きな釜でつくったが、とても好評で瞬く間になくなった。私は玄関に溢れている靴を揃えたり、片付けを手伝ったりしていたが、客の多さや健啖ぶりに圧倒されたものだ。なに不自由ない生活だが、讃岐生まれの母には、内地から送られて来たアンモニア臭のする魚や竹輪には閉口したらしい。

また内地では考えられないような楽しいこともあった。それは五年生の秋のこと、先生が修学旅行について、

「来年は戦局によって行けるかどうかわからないので、六年生と一緒に五年生も参加できることにしました。行きたい人は手を挙げて」

一同顔を見合わせながら一斉に手を挙げたので、それに倣って私も手を挙げた。行先は旅順、大連、水師営、二〇三高地と決まった。

この地に来て間もなくこのような幸運に恵まれるとは思いがけず、嬉しくて落ち着かない

日々を過ごした。

出発当日は総勢十五、六名の生徒と四、五人の先生が昌図駅に集まった。父兄もそれぞれ笑顔で話していたが母は、

「気をつけてなぁ、お腹こわしたらこれ飲むんやで」

と言いながら小さな袋の陀羅尼助と正露丸を握らせてくれた。胃腸の弱い私を心配したのであろう。やがて見送りに来ていた人ごみの中で伸び上がって手を振っている母の姿をみつけた。

往きの車内は賑やかで楽しいものであり、旅館でもお喋りに花が咲いた。旅順、大連では大きなホテルに泊まり、港の夜景を楽しんだ。市内観光で博物館では古代のミイラを見たときは、大騒ぎになった。大きく抉られた眼窩、鼻腔、代わるがわる怖いもの見たさに一心に覗きこんだ。その夜はミイラの話題で一夜をあかした。

日露戦争で激戦のあった二〇三高地にも登った。殺風景な小高い丘のこの地の戦いで犠牲者が多くでたことを学んだが、水師営も乃木大将とステッセル将軍との停戦条約が結ばれた場所だというわりには粗末な小屋のような建物が寒々とポツンと立っていただけだった。記憶に残っているのはミイラと、お土産に買ったリンゴの甘酸っぱい匂いを放つ色鮮やかな紅

色をした篭を大事に抱えた自分の姿だった。車窓からはリンゴを数倍大きくしたような夕日が光り輝いていた。

やがて寒い冬が来ると楽しいスケートの季節が来る。運動場がリンクに早変わりする。私は初めてなので氷の上に立つこともできず転んでばかりだったが見よう見まねで直ぐに滑ることはできるようになった。しかし皆についていくのがやっとであった。前夜雪が降り積もると運動場に出て雪かきをするのも面白くて、汗だくになり奮闘した。

憧れの女学校生活

六年生になると、話題は進学のことで賑わいウキウキして過ごし、昭和二十年四月、私は憧れの女学校に入学した。何処から手に入れたのか、母は家事のあい間に、紺のサージで白いヘチマ衿の制服を縫ってくれた。それを着て夢を抱いて四平街の学校に通った。校舎は赤いレンガ造りの立派な建物で堂々としている。毎日胸躍らせて通学し充実した日々を送っていた。

学校までは一時間余り列車に乗る。車窓から見える風景は一面のコーリャン畑と延々と続く地平線だけで、余り変化のない殺風景な平原が続く。途中五つの駅があるが、その小さな駅の近くには土壁の満人の家が点在するだけである。数人の一年生はひと固りになり、座席に座るなり、将来のこと、家族のこと、私は大阪弁で内地の町の様子などを話すと、それが可笑しいらしく大声で笑ったりして穏やかで、とても戦時中とは思われない平和で屈託のない雰囲気が流れていた。

四月、五月と新入生らしい学生生活を送っていたが、やがて列車の本数が少なくなって来た。帰宅が十時頃になるので、お弁当、水筒は二食分持参することになり、夕食は四平駅の駅長さんの配慮で構内の会議室を借りてとり、夕食後は宿題や予習復習を済ませた。四平中学校の生徒も同じように来ていて、やはり一隅に陣取って勉強していたが、チラッと横目で見る程度で言葉を交すこともなく、女子は離れた場所で静かに各々の勉強をして、余り大声で騒ぐこともなかったが、心のなかでは、このような状況が何時まで続くのかと一抹の不安も抱えていた。

入学して間もなく、大阪大空襲で浪速区にあった祖父母の家も丸焼けで、かろうじて皆無事に逃げることができ、京都の伏見に疎開しているとの葉書がきたが、詳しい事は書かれていなかった。両親は心配していたが、これを最後に音信は途絶える。それでも後にこの葉書を母が大切に持っていたので役立つことになった。

情報の少ない大陸だが、時折聞こえてくる内地の噂では、食糧事情も日増しに悪化していること、空襲での被害が甚大であるという事が伝わって来た。それに比べると随分恵まれた生活で、野菜や豚肉、果物等は満人が天秤棒を担ぎ、籠に山積にして持ってきてくれた。食料、日用品など不自由なく過ごしていたが、学校では徐々に授業が短縮され、勤労奉仕に代っていった。ボルトやナットを磨く作業で、兵隊さんの指導監視の下で懸命に働いた。何でも飛行機の部品だと説明を受けていたのでお国の為にと黙々と作業し、誰一人として勝利を信じて疑うことはなかった。

南満とはいえ冬は氷点下二十度前後に下る厳しい寒さだった。そして待ち兼ねた初夏を迎える頃になると、日中の気温と朝夕の温度差が大きくなる。駅で夕食を済ませて、不定期に到着する列車に座ると暫くするとお腹の虫が騒ぎだす。それを紛らせようと、お喋りしたり軍歌を唄ったりするが、自然と食べ物の話題に移って行く。母の手作りのドーナツ、カリン糖、マントウ等、どんなおやつが待っているかと期待が膨らんでくる、そのうちに校則を破って、秘かに飴などを持って行くことの秘かな楽しみが出来た。明治のキャラメルを鞄に忍ばせて持って行き友達と口に入れる瞬間で、ほのかな甘味が口一ぱい広がり女学生全員が唯一楽しみな時間になった。このささやかな楽しみは夏休みに入る迄続いた。だが学生としての誇りと本分は忘れず、勉強に対する意欲はより高まっていった。

七月末夏休みに入ると、家庭内では相変わらずの日常生活で使用人の満人も忠実に働きに来て、水汲みや雑用をこなしていた。我が家に欠けているものは、四月の入学直後に父に召集令状がきて、ソ満国境近くの部隊に配属されたとのことだった。

母によると今迄召集されなかったのは、強度の近視のせいで、体格は甲種合格の身体を持ってはいるが、ということだった。でも父はペンより重い物を持ったことがなく、不器用極まりない人だから心配だと聞かされていた。異国の地での母子家庭を守る母の胸中は不安と心配で胸中は穏やかではなかったと思うが、私達五人の子供には、優しく接し、子育てと家事に追われていた。私も少しでも手助けをと思い弟妹の世話に励んで毎日を過ごしていた。

戦局の悪化、深刻さを余り実感する事もなく、二学期を楽しみにして希望を抱いていた矢先に、悪夢のような八月十五日を迎えた。終戦、敗戦、無条件降伏、どれ一つと信じ難い結果であった。邦人には半信半疑の人が多く、私にも理解できぬ事ばかりで、街中喧騒を極めていたが、真偽を確かめる方法もなく、ただオロオロするばかりであった。

終戦、父の横死

終戦の放送は聞きとり難く、異国であれば尚更だと思うが、八月十五日の出来事はいまだに印象深く脳裏に刻まれている。

使用人は勿論来なくなり、手のひらを返したように豹変し、権力の崩壊が立場を逆転させたのだ。

二、三日するとソ連兵を乗せた列車が、日に何本も通過し、時々停車することがある。

我が家は線路添いに建っているので、窓から列車はよく見えるし、止まる時の軋む音もよく聞こえる。官舎は六軒で、よく目立っているためか、数日のちには、停車中に白昼堂々とソ連兵が侵入して来るようになった。白昼の強盗である。恐怖に脅える私たちに向かって大男の兵士が自動小銃を肩に掛け、数人のグループが土足で座敷に仁王立ちになり、銃を構え身振り手振りで金品を要求する。特に時計、カメラを出せと言う。母と私は恐怖のあまり震えながら、腕時計を差し出したが、もっと出せと言って金銭を要求する。幼い兄弟は蹲って部屋の隅にかたまって顔を隠している。

このような略奪が何回も続き、ソ連兵にさしだす貴金属も無くなり次に出すものを心配していたが、徐々に停車することが少なくなり、ホッと一安心した。

あの青い眼と、大きな赤い鼻を持つソ連兵の顔が、怖くて忘れることが出来なかった。後にソ連兵のことをタ一ピ一ズと呼ぶようになったと聞いた。

信じられなかった敗戦を認めざるを得ない事柄が次々に、噂で伝わってくる。治安情勢の悪化は日毎に増すばかり。或る日の夕方、弟を背負って、地平線に沈む夕日を見ようとこわごわ少し門の外に出てみた。遙かな地平線の向こうに悠然と輝くとてつもなく大きな夕陽が輝いていた。何となく神々しく感じると同時に、今の境遇の変化に対応する術もなくただ見とれていたが、ふと振り返ると、苦力帽(ク一リ一帽)を目深に被った黒い満服姿の男が近付いてきた。慌てて家の中へ駆け込もうとした時、「和子」と呼ばれたように思い、驚いてよく見ると間違いなく父の姿であった。

戦地に行ったはずの父が帰ってきたのだ。淡々と話す父の言葉を、一言一句聞き逃すまいとの思いで必死で聴いたのを覚えている。

理解ができない部分も多々あったが、およそ次のようである。終戦の時、ソ満国境付近の捕虜収容所に入っていたが、「明日にはシベリア送りだ」との噂が広がり、離脱を決意したそうだ。当初は離脱に参加する兵隊も多数いたが、いざ決行となると、家族を内地に送り返すことを願う責任感の強い兵隊だけになったらしい。厳戒体制の中を命がけで逃走し、新京の知り合いの旅館まで辿り着き、そこで軍服を脱ぎ、満服に着替えて満人に成りすまし、列車の屋根に乗って、ようやく帰ることが出来たとの事であった。

私達はよく無事で帰れたことだと、お互いに喜び合った。心から奇跡だと思うと同時に、父の存在が頼もしく、内地の土を踏むまでの希望が湧いてきた。

しかし街の治安はますます悪化して残酷さが増し、ソ連兵の略奪に代って今度は満人の暴徒が、毎夜邦人の家を襲撃する事態が起きていた。元馬賊や匪賊と呼ばれた人を頭にした集団だと言う。私達は着の身着のままで、枕もとに履物を揃えて寝ていたが、父は近所の男の人と共に、塀の周りに鉄条網を張り、電流を通すようにして、徹夜の警戒に当っていた。その上昼間は父の帰還の噂が広がり、近所の主婦が次々やってきて、国境近くにいる身内の部隊の動向を得ようと話を聞きにきた。知っている限りは答えていたようだった。父に睡眠不足と疲れが伺えたものの、私は家族全員で一緒にいられるのが何よりの安らぎであった。父をはじめ近所のおじさん達が、協力して巻いた鉄条網は襲撃前に発電所の電源が切られていたことを知ったのは、事件の後のことであった。

九月二十一日、中秋節。この日は中国では正月に次いで大切な日で、家族揃って祝い、外出はしないと昔から伝えられている。

明治生まれの父は、昔の言葉で六尺豊かの背丈があり、大学では剣道有段者で、強靭な身体の持主であったが、さすがに帰還以来の約三週間、日夜の疲労と睡魔には勝てなかったようで、「今夜は暴民も大人しくしているだろうから一寸横になる」

といって枕を並べて横になったが、眠りにつく間もなく外が騒がしくなった。

「早く起きろ」

と叫ぶ父の叫び声にみんなは飛び起きたが、暗闇のなかでのこと、靴を履く間もなくピストルの音がして、一斉に数十人の暴徒が雪崩れ込んで来た。

発砲が合図であったのか、玄関と窓を叩き割り、大きな松明を振りかざして侵入して来た。

手探りで弟を抱え、母は皆の手を引いて裏口へ走ったが、すでに大勢の男達が入ってくるところだった。

逃げ場を失った私達に、父は、

「風呂場へ隠れろ！」

と言って自身は後ろ姿を見せて闇の中に消えた。

母子六人は手探りで廊下の突当りにある風呂場に逃げ込み、息を潜めて蹲っていた。

ガラスの割れる音、家具の倒れる音に混じり、荒々しい男達の声が響く。

「金を探せ」

「他にもある筈だ！」

と喧騒を極めていた。

どのくらいの時間が経過したのか覚えていないが、とても長く感じられ、怖さの上に寒さが加わってブルブル震えが止らなくなり、小さい弟妹は泣き声も発することもできず、ただただ緊張している様子だった。

程なく少し静かになったので、引揚げるのかと一息ついたが、数人の足音が風呂場の前でピタッと止った。アッと思う間もなく荒々しくドアは開けられると同時に、首謀らしい男がピストルを突きつけ、その背後には大きな松明を持つ大勢の男達が口々に、

「金を出せ」

「金はどこだ！」

と大声で叫ぶ。

母は咄嗟に顔を伏せたので、私は、

「ここには子供（ショウハイ）しか居ない」

と知っている限りの満語を並べ、必死に訴えたが、

「この子供は生意気だ。連れ出せ」

と言うが早く手を捕まえられ力まかせに引っ張られた。

「ああもう駄目だ、殺される！」と観念した時、バラバラと銃声が聞こえた。同時に強い力で握っていた私の手を離し、蜘蛛の子を散らすように暗に消えた。

何が起きたのか、想像もつかないまま不審な思いでいたが、助かったと感じるまでにはまだ暫くの時間がかかった。そう確信を得た瞬間、私はその場に腰が抜けたようにしゃがみ込んでしまった。その場から直ぐに出るに出られず、もしかしたらまだ誰か潜んで居るかもしれないと、警戒心を持ちながら耳を澄ましていた。その時になってはじめて父の行方が心配になってきた。

恐る恐る足音を忍ばせながら、月明かりを頼りに家中を見渡した。眼にしたのはガラス片、倒れた家具類、畳まで剥がされ床下が見えていた。惨憺たるありさまだが、しかし父の姿は見当たらない。

そっと裏口へ回り、

「お父さぁん」

「お父ちゃん」

最初は小さい声で呼んでいたが、だんだんと大声で叫ぶようになり、辺りを見渡すが、人影もなく、何処かに連れ出されたのかと思い始めたその時、庭を歩き回って、ふと隅の方に眼を移すと、何やら人影らしい黒いものがかすかに動き、小さな呻き声が聞こえ直感で父だとわかった私は大声で、

「お母さんちょっと来て!」

と叫んだ。

顔を近づけて覗き込んだ二人は、

「ア、アッ!」

と声もでず一瞬たじろいた。着衣や体型から父だと確信するまで数秒かかった。

母は近所のおじさんを呼びに走り、私は棒立ちになっていた。何人かのおじさんに手伝ってもらい、難を免れた官舎の端の家に運び込んだ。

そこに横たわっている黒い物体はあの頼もしい父に違いはなかった。月明かりとローソク

のあかりで見た父の顔は、思わず眼を逸らすほどで頭からドクドクと流れる血にまみれて、片方の眼球は大きく飛び出し、顔全体は二倍ほどに腫れあがって、全身打撲と骨折で虫の息だった。足元に立ち、ただ私は心の中で助かるようにと無心で祈っていた。

「医者を呼びに行く」

「サラシはないのか、もっと要るのだ」

おじさん達が動き回り、手当てもしてくれていたが、この深夜に来てくれる医者もなく薬もない。

のたうつ身体を押さえ、頭をさらしでグルグルまくが、すぐ真っ赤に染まり取り替えるのに苦心しているのを見つめ続けているのみ。何の役にも立たない自分がもどかしく感じられた。

やがて薄っすらと明るくなった夜明け前、断末魔の様な呻き声をあげた途端にこと切れた。やはり駄目か、涙を流している間もなくソ連の将校らしい兵隊が、二人で検死に来た。しかし、あまりの残虐さに早々と引あげた。ただ翌日から、満人の夜間での外出は禁止すると布告をしたそうで、それ以後は大々的な暴挙は減少していった。民団の方々をはじめ邦人のなかでは大きな犠牲者をだしたが、お蔭で落ち着いたとの声が聞こえるようになってきた。振り返るとあの悪夢のような出来事は夢ではなく現実だったのだ。

「もう駄目だ」と思った時の銃声は、ソ連兵の自動小銃の音だったと聞いて、略奪に震えたのも、逆に私たちの命が助かったのも、ソ連兵だと聞いて、何とも言えない複雑な心境にかられたものだった。

人の死に遭遇したのは初めてのことで、まして父の惨殺を目の当たりにしても、まだ実感はなく悲嘆にくれている余裕もなかったように思う。

第二次大戦がはじまった頃、新天地に希望を託し、家族の幸せを願って渡満。官吏として県公署に勤め、現地召集での新兵体験。家族を守る信念からの離脱。やっと家族と再会したのも束の間で、二十日余りの命であった。

時代に翻弄された人生。きっと家族七人で平和な明るい未来を望んでいたに相違ないと思う。

廣瀬米蔵

享年三十八歳。中秋の名月。深夜のことであった。

引揚げの日まで

筆舌に尽くし難い父の非業の死。九死に一生を得た私達のその後引揚迄の日々は、子供から成人への成長を助けるに充分な事態が次々に起った。敗戦までの生活は、夢幻だったのか、いや今が夢を見ているのか、胸の中を駆けめぐる。現実は、日々の厳しさばかりに追われていた。

父の遺体は母と幼い長男と近所のおじさんが付き添い、石炭持参で火葬場に行き家族や皆に手伝ってもらい火をつけ、翌日骨拾いに行くことになった。多量の出血の浸み込んだ綿入れの満服を着替えさせることも叶わぬままで火をつけたので、翌日行くと上半身は黒い塊のまま残った。母は震え上がったが再度火をつけてきたらしい。

とりあえず住まいは少し離れた所にある新官舎に移った。

葬儀はそこで、しめやかに執りおこなわれた。居留民団の方々にお世話になり一応の形式は整えられた。

私は父の仕事の内容には全く無知であったが、弔辞の内容は人間関係、部下には信頼を得ていたことなどが述べられ、会葬者の誰もが惜しんでくださった。

団長の弔辞には、

「かつてなき悲しき月見や満州の夜、なにもかも生命もとられる中秋節」

と添えられていた。

その後はソ連兵による治安統制により、暴動は、やや減少したかに見えた。だが街の端々で再び略奪事件が発生していた。事件のあった官舎には住めず、少し離れた官舎に移転することになった。

この官舎は未完成ながら近代的に設計され団地の様に整前と並んでおり、我が家も近々入居の予定だったとの事である。引揚げるまでは集団でいる方が何かと心強いし、情報伝達も早くて助け合える。そこで新官舎では我が家と同時に被害を受けた隣の一家と同居する事になった。家族構成も似ていたが何より一級上のお姉さんが居られたのが、私にとっては唯一うれしくまた頼れる存在でもあった。

父の犠牲は大きかったものの、母子六人の無事なことはよろこぶべき事実で、万難を乗り越え、内地の土を踏む迄の望郷の念はますます強くなっていった。

二世帯の生活も少し慣れた或る夜、風の音に混ざって、ざわめく人声がした様に思い飛び起きた。すると皆も同様におびえている。

隣のおじさんの指示で台所の床下に避難したが、そこは大人が立っていられるくらいの高さがあり、通路は縦横に続いている。

初めて見た私は驚いたが、隣のおじさんが前もって調べておいて下さったと聞いた。震えながらあの夜の再来かと、皆で一ヶ所に集まって息をひそめて一夜を明かしたが、何事も起っていない事を確認して家の中に戻った。先ずおじさんが家の中の無事を確かめてから一人ずつ床下から這い出した。あの夜を体験した者のみが聞こえた空耳であったのか、だが一同の無事なのが何より大きな喜びであった。

後にあの床下の通路は暖房設備のためで、天井には多くのパイプで各家庭に送るようしてあると聞き、子供心に感心もし近代的に造られていると家のなかを改めて見渡していた。前の官舎と違って美しく広々していてもう少しここに住みたい気もしていた。

暫くおさまっていた掠奪や暴挙がなお治まらず再び起こりつつあり、この官舎が街外れにあるという理由から、再度昌図駅前の警察官官舎へ移動することになった。今度受け入れてくださった家は、母より少し若くて色白の素朴な人で小さい子供三人を抱えている東北の方で、ご主人は応召されたとの由で人の好いご夫人だった。時には納豆の作り方を教わり、大豆を煮たお鍋を毛布に包んでコタツにいれ発酵させて食べた。少し東北訛りがあったが気にはならなかった。よく故郷の料理や風習について話されていた。此処は邦人が沢山集まって助け合って、引揚げの日を首をながくして待っている。以後私は納豆が好きになった。大阪では当時めずらしがられたものだった。

或る日二重窓を少しあけ線路の方を見ていると、長く連なった貨車から、山積みになっている黒ダイヤのような石炭がバラバラ落ちているのが見えた。

すかさず私は麻袋（マータイ）を片手に一目散に駆け出した。線路脇には、無数の石炭が落ちていた。夢中で拾い始める。これで一日か二日は凌げる。

直ぐに袋は一杯になって急いで帰って得意げに母に報告すると、「落ちているのを拾うのだから構わないと思う」

との返事だった。おそらく南満の撫順か鞍山あたりからソ連に輸送中らしいが、余りの山積のせいで列車の止まる振動でこぼれ落ちることがわかった。私たちにとっては貴重な暖房のもとであった。これで一日の暖が取れると思うと、翌日から不定期に来る列車を待つのが楽しみになってきたが、これも長くは続かなかった。噂を聞きつけた人々が男手を動員して貨車によじ登って大量に落とす者が出て来た。それを見逃す程のソ連兵ではない。駅を巡視していた兵が自動小銃で追い払う、頭を抱え体を伏せて一目散に逃げた。なかには知ったおじさんが弾に当たり負傷した。それでも懲りずに私は列車が来るとまたもや走り出だしていたが、そのうちに貨車に代わり客車がよく停まるようになった。母と相談して、今度は客車に目をつけた。一日に何本か通る列車に乗り込んで、ストーブに掛けてあるヤカンと湯呑を持って一目散に駆け出す、

「茶水茶水」（お茶です、お茶はいかが）

と大声で売り歩くことにした。当時は停車時間も決まっていないようで、発車するまでに余裕があり、ボーッという汽笛が鳴って発車していても飛び降りることが出来た。お茶はよく売れ、ヤカンは直ぐに空になる。その内に母も一緒に売りに行くことにした。先頭車両と後部車両に分かれ、別々の車輌で売り歩いた。ソ連の将校とその家族や満人達で、すし詰めの車内を売り歩く。車内は異様な臭気が満ちていたが気にする間もなく売るのに懸命だった。そのお金を持って、街に出向き満人から食糧を買った。

次には母の提案で、すり鉢で粟餅を練り塩味だけの黄色い餅だったがこれを売りに行く事にした。南満からソ連迄は何百キロもあるので、空腹にもなるし、喉も渇くのだろう。その

上日本人の子供が売り歩くのが珍しく映ったのかも知れないが、これもまたたく間に売りきれた。ただそのお金を持って露天で買う食糧や日用品は日毎に高くなって、特に日本人にはその傾向が強くなっていた。とにかく厳冬の寒さを凌ぎ、飢えを満たすのに必死な日々を過ごしていた。

年が明けると民団団長さんが拉致された事が伝わって来た。大変お世話になり、邦人の誰もが頼りにしている人だけに、引き揚げの交渉と身の安全を心配した。この頃になると、警察署や駅舎を占拠していたソ連兵がマンドリン（自動小銃）を肩に闊歩している姿をよく見かけたが、或る夜、砲弾の音が響いて家が大きく揺れた。何分か弾の音がしていたが、みんな布団を頭から被って息を殺していた。八路軍が来て街外れの鉄橋を破壊したらしい。翌々日には今度は国府軍が来て、労務者を要求。十六歳から四十五歳迄の男子二十人とか三十人を出せと言う。その間若い女性も要求して来たようだが、母は私には聞かせまいとしたようだったが雰囲気で理解した。後に慰安婦にする為と判ったが無事に帰されたとは聞いたことがなかった。深夜となると北から南から線路を破壊する音に悩まされ、眠れない日々が続く。

母は、

「よその国の戦争でこんな怖い目にあうとは」

と嘆いた。

交互にやって来る軍の命令には抗うことが出来ぬ立場である。時の権力に従うのみの弱者のがわにいるので、同居しているおばさんや母も顔にすすを塗り、私も男子の様な髪にされていた。一難去って又一難という日々であったが、どうやら内戦が起きているようである。一日も早く日本に帰りたいと切に祈るように過ごしていた。それでも春がきて子供心の思いつきで、日向ぼっこをかねて庭に出る。そこで幼い子供を集めて虱取りに夢中になったりもした。暫しの安らぎのひとときでありゆったりした時が流れて童心にかえった。

民団の方々にも犠牲者が沢山出て、公安や軍に連行拉致され行方不明の人も数知れずあったが、命がけで引揚げ交渉に当られたおかげで成果が現れたのが五月下旬、漸く引揚げの命令が下された。初夏の兆しが感じられる頃であった。急なことで（この時には行程など知らされていない）私達は、その日から準備に夜を徹して帯芯でリュックを作ったり、母の着物を洋服に作り替えた。食糧は持てる限り多くといっても小さい弟妹には頼れない。炒り米や小さな鍋とヤカン迄ぶら下げて、貴重品など一切なく、弔辞と父の小さな分骨だけは腹巻に縫いつけることにした。そのあとは必要と思われるお金（お茶や餅を売って得た）を入れた。

その様な旅仕度をしていよいよ五月末に、昌図駅に集結したのであった。列車は見慣れたあの石炭貨車で勿論無蓋車である。足を伸ばす事も出来ない程詰め込まれ、六人が重なるように肩を寄せ合って座るのに苦心する。間もなくポーッと汽笛が鳴ってガタンガタンと動き出した。背伸びをして線路際にあった我が家が淋しげに建っているのをいつまでも眺めていた。

終戦までの楽園のような暮らし、一夜にして変貌をとげた忌わしい事件の数々、二度とこの地を訪れることはあるまいと悲喜交々の感情が交錯して涙が溢れてならなかった。

ちなみにこの時、末の弟は、二歳を迎えたばかりであった。敗戦から十ヶ月を経て、この乾ききった中国に初夏の日差しが照りつける季節になっていた。

帰国——日本へ、内地へ

満州国四平省昌図県昌図村昌図屯、ここが正確な私達の住んでいた地名である。

昭和十八年四月、戦時体制が強化されるなか、父の判断でこの国に移住してきたのは、家族全員の無事を願ってとの想いがあってのことだったと思うのだが、あの日を境に全てが変わり果てた。

ともあれ列車にさえ乗れば、一歩でも日本に近づくことには間違いない。貨車は南へ南へとゆっくりと走っていたが、機関士や従業員は全て満人なので奉天に近付くと全員が仕事を放棄して下車し、遊びに行ってしまう。半日くらいは停車したまま放置される、都会に近づくとこのような事が何度かあった。その時には鉄の梯子から皆を降ろして自炊をはじめる。河の泥水の上澄みを汲んで、米を炊いてお粥にして食べさせたり、下着を洗ったりした。火種はどうしたのかいまだに思い出せないが、きっと近くにいたおじさんに手伝ってもらったように覚えている。季節柄寒くないのが何よりも幸いな事であった。あと一年冬を越す事になれば、餓死凍死という、過酷な運命に晒される事態になるのは必至だった。

無蓋車は、雨の時は大変で、男の人が毛布を集めてテントを作ってくれて凌いだ。再三の停車には文句の付けようもない。

都会に近付くと遊びに行って何時間も帰ってこないのには、ただただじれったい思いだった。また途中収容所に入れられた事が二、三回あり、そこでは足を伸ばして寝る事が出来て一息つけた。その内に一体どこの港から船に乗るのかと、かえって不安が募りはじめていた。噂では葫ロ島という港らしい。何日貨車に揺られ幾度鉄梯子を登り降りしたことか判らなくなった頃、いよいよ明日は乗船できると伝わってきた。前夜宿泊していた収容所を出発し、縦隊を組んで桟橋まで歩くことになる。長い長い行列だったが、わが家は十三歳の私を頭に四人の幼児と心身ともに衰弱している母である。

皆を激励叱咤しながら、行列に遅れまいと二歳の弟を背に、リュックを前に掛け、両手は弟妹を握り締めながらとぼとぼと歩いた。前方に船影が見えるが歩いても歩いても遠くなかなか辿り着けない。初夏の陽射しが照りつけ汗が全身を覆う。なぜかこの船に乗らないと内地には帰れないという脅迫観念におそわれながら、よろけるような足取りでやっとの思いで桟橋に着く。息をつく間もなく直ぐに身体検査が始まった。私の腹巻には、父の分骨と民団々長さんの弔辞が入れてあったが、骨まで砕けそうな手荒な検査で、すかさず「これは父の大切なお骨だ」

と叫んだ。

怒りがこみあげてきた。母はお金を少々持っていたが、大人二千円、中人は千円、以下はだめだと言って残金は全て没収されることになり、少し残った金はその僅かな金額も持っていない開拓団の避難民の方々に分け与えた。

文書も駄目だったが弔辞だけは何とか許してもらえた。そして乗船できた時は、これでまた一歩日本に近付いたと、母子六人がともに帰国できることに万感の思いがあった。

乗船してみると貨車以上に詰め込まれ、座るとすぐ上に、蚕棚の様に何段か板張りが作られていて、立つこともできない。幸い私達は一番下のデッキに近い所に席がとれたが身動きすら出来ず、二、三日経つと下の子は、

「いっぺん足を伸ばして寝たい」

と訴えるようになってきた。そこで私の場所を空けてやり、甲板で過ごすことにした。生暖かい風が吹いていて見渡す限りの水平線であるが、船尾は白く線を引いて進んでいることが心を落ち着かせた。同級生も同じ思いからか何人も集まってきた。故郷はそれぞれ違って

いて、東北、北海道、富山、九州と全て地方の人で近畿の人は殆どいなかった。

私達は落ち着けば、固い永遠の文通を約束し、お互いに住所を書いて交換、同じ体験をした者同士の指切りをしたのだった。或る夜甲板に集まって雑談をしていると、船員さんが話しの輪に入ってきて、色々と話を聞かせてくれた。この船は駆逐艦を改造して造られたもので、砲弾を浴びて修理だらけである事、戦後は復員船として南方から何往復もした事、そしてこの度は引揚げ船として活躍している事。そして船員さん達は、まだ故郷に帰っていないことなど、私達は切なく複雑な思いで聞いた。その後何日か航海していたが良く晴れた日だった。遥か遠くに島影が見えたのである。船内にいた人々があれは日本だ、間違いがないと嬉しさのあまり大騒ぎになった。船は徐々に島に近付いて港に入ったが停船してしまった。検疫のため一週間は上陸許可が出ないとのことである。

停船中、船員さんが精密なレンズで博多の街を見せてくださった。明るい繁華街に大勢の人々の往来と、平和な日常生活が伺えて心の底から嬉しかった。「これぞ日本!」帰国の実感が更に大きく膨らんで行く。

博多上陸の前日、一同甲板に集合し簡素な舞台を作りお別れ会が催され、賑やかにお国自慢の唄や踊りが披露され、全員が笑顔に包まれた。安堵の笑顔であった。

最後に内地で今流行している唄を教えますと言って聞いたのが「リンゴの唄」で、乗組員の方に何度も歌って頂いた。明るくて今まで軍歌しか知らなかった私達には心が癒され、希望が湧いてくるように思えた。そして次の唄でお開きになった。船員さんの合唱で、

俺らはマドロス復員船乗りよ
金波銀波の波間が住家よ
誰とて見送る人さえいないが
泣いてくれるは沖のカモメよ

なぜか七十数年経った今でもまざまざと覚えている。

親戚の人々との再会

前日の船上お別れ会の翌日、内地への希望と期待を胸に博多に入港し上陸した。万感の思いを抱いて地上を踏みしめ、波止場に並んだところでまずはＤＤＴを全身に浴びる羽目になった。睫毛まで真っ白になる有様で、お互いに顔を見合わせ苦笑いしているうちにまた行列が待っていた。

「お帰りなさい、ご苦労様」

と言う労いの声とともに、丸い大きなおにぎりが一つずつ掌に、質素な炊き込みご飯であった。婦人会の方々の温かい声とともに配られ、この時はじめて日本に帰国したと感じ喜びにあふれた。むさぼるように頬張った。

二十日余りの流浪の果てに、口にしたご馳走であった。その味に勝る食べ物はないと今でも心の底から思っている。

ようやく人心地がつき、引揚げ列車に乗車した。ここでは、普通の客車だったので、小さい弟妹達は勿論、揃って四人掛けの座席に向かい合って母子六人が腰を降ろす。
「屋根がついている、これが本当の汽車やね」
と喜び合った。列車は東へ東へと走っている。窓外に映るのはやはり日本の原風景であった。青々と水々しい田園、遠くに霞む山々の緑、戦いがあったのかと疑うような佇まいである。

余りの落差に驚いた一方で安堵もした。同時にあの満州の果てしない大地起伏の少ない渇いた原野、地平線を真っ赤に染めた大きな夕日などが交互にめまぐるしく浮かんでは消える。山陽道に入ると、全く戦争の跡形もなく平和そのものに映った。線路脇の農家の庭には、手が届きそうなところに枇杷の実が、オレンジ色に鮮やかに実っていた。客車に座った心地よさからウトウトしていたので、あの原爆投下の広島の惨状はよく覚えていない。

だが阪神間にさしかかると、戦禍の跡が生々しく眼下に現れたのだった。衝撃的な焼け野原が一面に拡がっている。更に大阪駅のホームからは、焦土と化した大阪の街を遥か遠方まで見下ろす事が出来た。私は唖然と眺めているだけであったが、この戦争の激しさを改めて痛感し、外地の我々の労苦も、内地の方々の悲惨さ恐怖も、二度と再びあってはならないと、心で叫んでいた。大阪駅のホームでは白い割烹着を着た婦人がカチワリを窓から放りこんでくれた。これも喉の渇きを潤すのに充分で、小さな一片まで口にした。次は京都に着くとの報せに、下車の準備をするが、用意といっても身の回りの物は何もなく、ただ、弟妹達の手を引くだけである。

ホームに降りると親戚の人たちの迎えが待っていた。母子連の姿を見るなり、

「ようこんな小さい子を連れて帰ってきたなぁ」

と涙の再会であった。京都は祖父母が空襲をうけた後、一時仮住まいしていた土地で、京都らしく細長い土間があった。祖父の縁で疎開をしていた家らしいが、最後に来た葉書を頼りに訪ねたのだった。どのような手段で連絡したのか、母が博多から電報を打ったのだと後に聞いた。親族に囲まれ今日までの経緯や父の死について詳細に語っていたようだが、小さな妹弟や私は長旅の疲れと安堵感から無表情で静かに聴いていた。

温かく迎え入れてくれた親戚の人々との再会は劇的なものであった筈であるが、私は余り思い出せなくて、早速銭湯へ連れ立って行った事だけが強く記憶に残っている。

思えば何ヶ月ぶりなのか、心身共に洗われる大きな浴槽、湯気の匂い、石鹸の香り、泡立ち、どれもこれも新鮮でなつかしく、生き返った思いがした。難民同様の不潔極まる風態であったのであろう。まずはお風呂をと案内された理由も解る気がしたものだった。子供心に

湯上りの爽快感を存分に味わったが、浮かんでくるのはやはりあの大地のこと、満州の風景で不思議なことにあの広大なコーリャン畠の緑にそよぐ風、列車の音、また車内に立ち込める匂い等々が蘇って来た。平穏な時間より激動に流されての日々の方がはるかに長く、ふたたび、想いだしたくもないと感じていたのだったが、心の中では迷いが生じて懐かしさと怖さの感情が交錯していた。久しぶりに畳の上で眠ることの幸せを満喫しその夜はメザシのように揃って、布団の上で大の字になって寝転んだ。幼い妹弟はすぐにスヤスヤ眠って心地よい寝息ばかりが聞こえはじめた。

がんばった新聞売り

重い足を引きずり弟妹を励ましながら漸くたどりついた日本の空気を胸いっぱい味わったのは、六月の二十日頃だった。無事帰国でき肩の荷が下り、先ずは一息ついた。

母は親戚、知人に敗戦から引揚げ迄を尋ねられる度に必ず、「私達母子が無事に帰られたのは、和子がいてくれたから」と加えてくれていた。

これもあの時も、この時も、と色々な困難や恐怖の瞬間を思い起こすと、母の不安や絶望感と闘っていた姿に思いを馳せながら、しかしそうとばかりは言っておれない、今後の生活についても不安をつのらせた。

祖父母や周りの人々は、暫くゆっくり静養するよう勧めてくれたものの、何せ大家族であり、毎日遊んでいる訳にもいかない。

その内に祖父が大阪の焼け跡に立派な自宅を再建、私達には、直ぐ近くに、バラックであるが同じく家を建ててくれたのだった。

昭和二十一年六月下旬に帰国して以来、生活の糧を探しながらも、私は学校の事も気がかりである。小学生はすぐ地域の学校で受け入れてくれたが、私は来年の新学期まで待って考える事にした。真夏の暑さも少し和らぎ始めた頃、父の古い友人の紹介で新聞売りを始める事になった。場所は阿部野橋北詰で現在の天王寺ステーション前であった。

母と二人で夜明けと共に始発の電車に乗り、阿部野の代理店に預けてある大きな木の台を組み立てて新聞を並べ、朝刊を売り、午後三時頃からは夕刊を完売するまで立ちつくして売りまくったものである。一部二十五銭であったが面白いほどよく売れた。今は跡形もないが、当時は近鉄デパートから阪和線の乗り場まで長い橋がかかっていた。お客さんの顔を見る暇もなく、新聞名を聞き代金を受け取るのみで、余裕はなかったが、或る時ふと見ると、行列が橋いっぱいに延びているのに気づいた。今振り返ると新聞は貴重な情報源だったのだろう。その内に週刊誌なるものも登場した。

サンデー毎日と週刊朝日だけだったが、今と違って薄っぺらな本だった。確か三円だったように記憶している。内容など読む暇もなくやはり売り尽くした。二人は大きな袋を首からぶら下げて、十銭札と五銭札をねじ込んでいく。夜も更けて家に帰ってからの楽しみは、そのお札を数えて、翌日の釣銭の準備をする事にあった。小さくて、原色の赤や黄色のお粗末な小銭であった。

働く喜びは得たものの母はさすがに疲れた様子だったが、ある夜帰り道に裸電燈に輝く美しい柿がザルに盛られて売られているのが目に入ると、

「美味しそうな柿やね」

とポツリと言っただけで通り過ぎた。

私は買って帰って皆で食べたいと思ったけれど、買ってほしいとは口には出せなかった。柿が並んでいるのを見ると、あの美しい色艶の柿が渋い思い出となりよみがえる。こうして仮の職業とはいえ楽しく働く喜びを味わっていた頃、祖父がそっと隠れるように橋の袂から母子の様子を観ていたことがあって、帰宅してから号泣したと後で聞かされ、私は驚いた。祖父の心情としては、耐えがたい想いだったに違いない。嫁と孫の健気な姿を見て、このまいつ迄も続けさせるわけにはいかない。もっと安定した商いと住まいを探さねばと語っていたそうだ。

そこで私の学校の話になり年末に母と連れ立って府庁の教育課に行って相談した。四平女学校は一学期しか行っていない事を話し、昭和二十二年の進学となると約二年間の空白期間がある。本来なら三年に進級するのだが、一年だけ遅らせて二年の編入試験を受けるように

諭され、学費も安く受け容れてくれる旧制の家政女学校を紹介してもらった。混乱時なので内地にいる人でもこんなケースはよくあるのですよと、慰めとも激励ともとれるように優しく言われた。それでもこの頃は毎日学校の事ばかり想像して心は弾んでいたものであった。予想通り学生生活は楽しく新調のセーラー服を着て通学した。また空白の時間を取り戻そうと必死で勉強にはげんだ。

大阪の街も少しずつ落ち着き、復興の兆しがあらわれ、力強い息吹が感じられるようになった。二年、三年と夢のように過ぎ、後少しで卒業を控えたある日、また難題が持ち上がった。六三三制の施行であった。先生の説明によると、旧制の女学校はなくなり新制に移行する。従って今春で卒業するか、余裕のある子女は後三年通学するようにと言われた。何日も家庭の経済的なこと、母や弟

中学生の弟と

妹のことで思い悩んだが、それにしても二度も女学校に入学しながらとも思いながら、つくづく学校には縁がないのかと、諦めることにした。

考慮の末ここで卒業する事に決めたのである。早く生活力をつけて母を助けたいとの思いのみが優先した結果だった。こうして学生生活に終止符をうった。

復興の足音のなかで

昭和二十四年春三月、中卒の証書を胸に社会へ出発することになった。母は常々手に職をといっていた。そこで女性の美に対する憧れもあって美容の道を歩む事にした。

裸一貫で引揚げてきた私達だったが、妹や弟たちも祖父母のお陰でそれぞれ通学していた。祖母は自分の長男を失った悲しみには耐え逆に母を失った方が大変な事だったよ言い、母の子育てを労っている。嫁姑の確執などは一切ないので孫である私達にとっても微笑ましい光景で、幸せな雰囲気が漂っていた。

戦時中の学校では教育勅語を始めとして「一億一心火の玉だ」「欲しがりません勝つまでは」などと教育され、軍国の乙女として、何の疑いもなく育ったが、戦後は民主主義に変わって、先生は「義務を果たして権利を得る」と説諭されていた。日本は目覚ましく復興しつつあり、町では今までにはない明るい横文字の音楽が流れるようになった。私は徒歩で通える千日前の歌舞伎座（現ビックカメラ）裏にあった三ヶ月講習の美容師養成所を選んで毎日授業に励んでいた。何もかも新鮮で楽しかったが、不器用さだけは努力で克服する他になかった。またたく間に終了し秋の国家試験に合格して免許を受け取ると、早速あべの筋にある美容室へ見習いに行くことになった。

祖母の知人が経営され二代目の長男が男性美容師として活躍している店で、当時男性はとても珍しく驚いた。見習の仕事は、掃除からタオル洗い、助手と、雑用が多く忙しい毎日で、昼食以外は立ち通しであったが、ある日私は「頭を貸して」と声をかけられ座らされた。自分ではわからないが、髪の毛が素直で練習に向いているらしい。それから度々モデル代わりに頭を貸すことになり、内心座る時間を得て安らいだ。

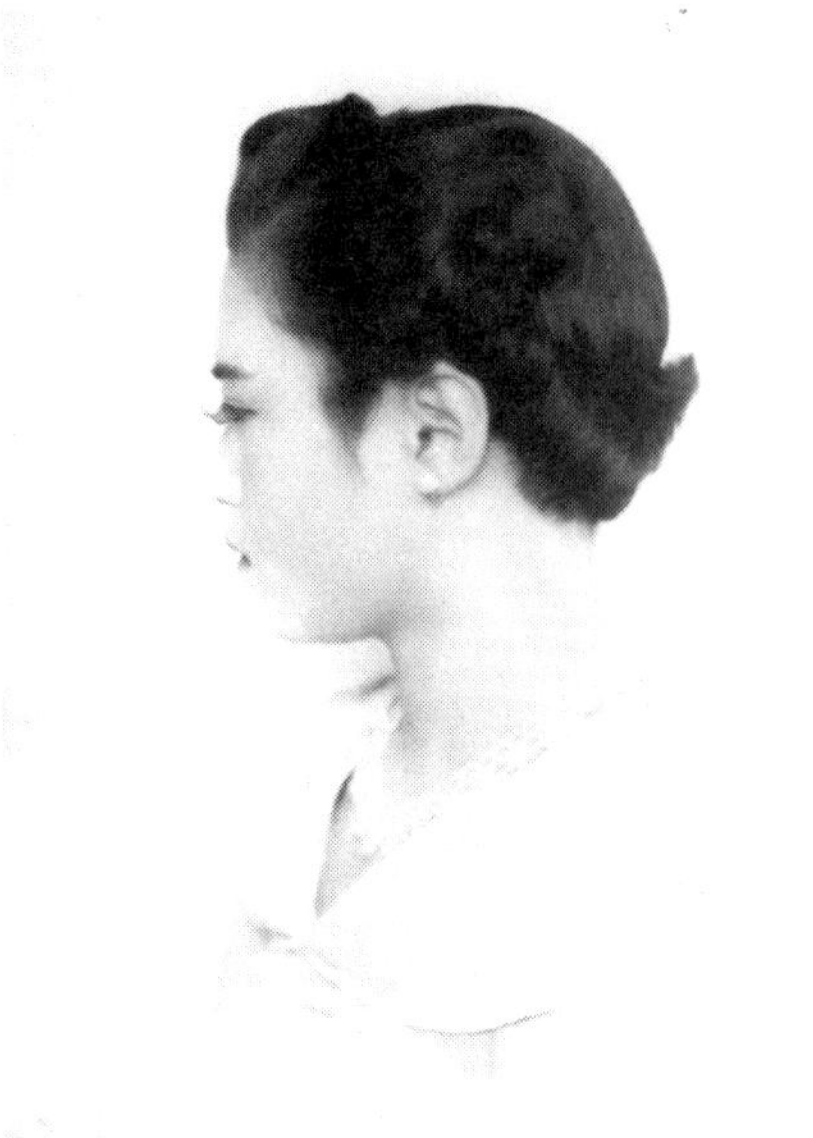

京都高島屋ホール　ヘアーモデルとして

頭はローションで冷たく少し痛いのさえ我慢さえすれば、唯一身体が休まるひと時でもある。時々小さなホールで催される発表会にも立たされ、恥ずかしい思いもした。大勢の人前で舞台に立ち、回れ右や横を向いてなど、まだプロのヘアーモデルも居ない時代であった。ある時は京都高島屋のホールでコンテストの舞台に立つことになり朝早く先生と同行した。

美しいドレスを着て、ネックレス、イヤリング等のアクセサリーをつけられて舞台に。緊張の連続で、今まで見た事も触った事もない豪華な品々ばかりを身に纏って、ぎこちなく歩いたことだけを記憶している。すぐ目の前に近鉄百貨店があっても覗く余裕もない毎日を過ごしていたが、気がつけば何時の間にか復興は進み、豊かな時代を目指しているのを肌で感じたものだった。大阪は活気に満ち溢れていたが、秋には台風によく見舞われた。ジェーン台風、キティ台風と襲ってきた。ジェーン台風の時は折角の我が家のバラックの屋根が吹き飛んで、夜には月の光が見え、寝ながらの月見を楽しんでいた。ミナミは明るいネオンが輝き、ジャズが流れ人々は平和を楽しんでいるようだったが、ときに黄昏の戎橋からみた夕日を眺めていると、なぜか満州の大きな盥のような夕陽が眼の前に浮かんで、忘れようとしても消すことのできない一幅の絵になってよみがえってきた。

昭和二十六年五月十四日

昭和二十六年五月十四日、この日は我が家にとって記念すべき日になった。大阪新聞の社会面に大きな写真と共に母を讃えた記事が掲載されていたからである。

「迫害越え生への道」「五人の遺児を守り通す引揚の母」

と言う見出しで、自宅前の狭い道に母を中心に子供五人が横一列に並び、一同恥ずかしさを押え笑っている写真だった。母は普段着のままで下駄履き、妹や弟はランドセルや通学靴、私は丸々と太っている。

物質的にはまだまだ貧しかったが、心豊かに希望と夢が大きく膨らんで歩んでいる姿が観て取れる微笑ましい写真で、何時の間に取材されたのかも知らなかったが、誤字、脱字もあり、少々オーバーな記事になっていて、一段と恥ずかしさが増していた。

後に母は、地域の民生委員さんの推薦であったのかも知れないと言っていた。写真は一度カメラを持った人が来て撮ってくれたが、深く訊ねることもなく、予想もしない事であるという。母は表彰式に出席することが決まり、会場は大手前会館だと聞くと、早速祖母が和服一式を揃えて持ってきてくれた。借り物で、しかも戦前の帯芯は堅く扱いにくいので、私が手伝ったけれど上手くお太鼓が結べなくて、それでも悪戦苦闘しながらもどうにか晴れ着らしく格好がついた。いそいそと出掛ける母と二人は互いに顔を見合わせ、照れを隠しながら微笑を交わした。

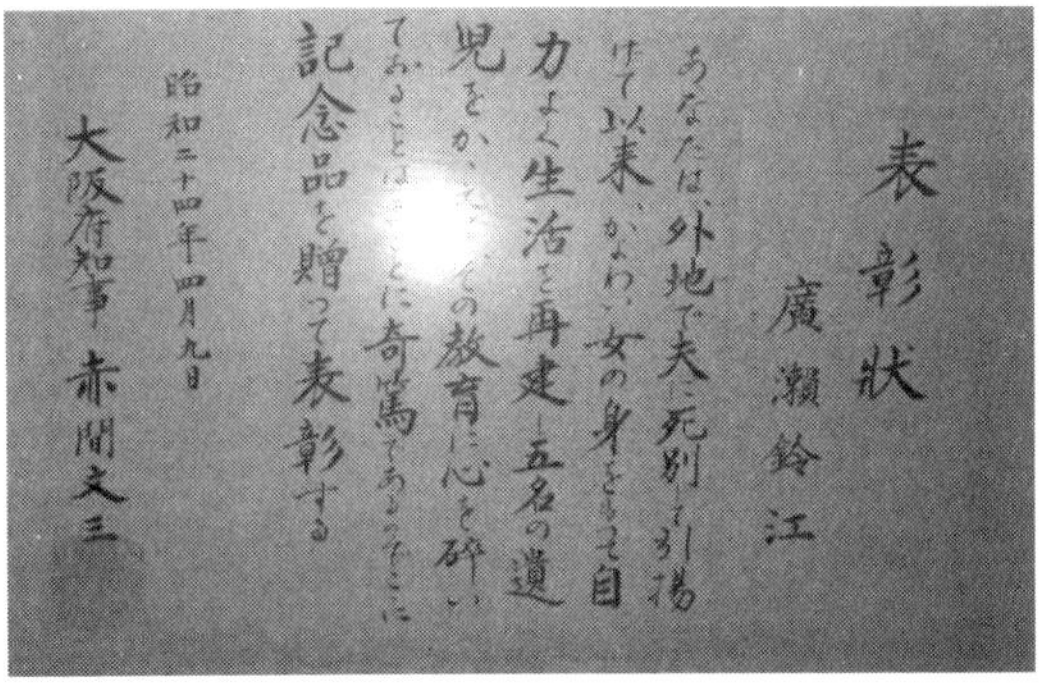

数時間後に帰ってきた母の手には大きな包みが抱えられていた。皆が取り囲んで固唾を飲んで覗き込んだ。風呂敷の中には彰状と花瓶が入っていて、下の弟達はがっかりした表情に変わっていった。美味しい食べ物を期待していたのかと思っておかしかった。表彰状の最後には時の大阪府知事赤間文三からとなっている。

これで、母の苦労が報われたと思うと感慨一入だった。

母は八十三歳で旅立ったけれど、明治の末に生まれ、大正・

昭和・平成に亘る激動の世を働き通して逝った。晩年になると顔をあわせるたびに、

「あんた達が良くしてくれるので今が一番幸せや」

と言って穏やかに笑っていた。

思えば母にとってはこの表彰状が唯一の勲章であったろう。仏壇の上にずっと揚げられていて、いつも励みにしていたのだと思われた。

四十九日の法要の後、仏壇の引き出しから新聞の切り抜きが小さく畳まれて見つかった。この記事も大切にされ、心の糧にしていたのだろう。

これらの品は、長男である弟に遺産の代わりだと言って、引き継いでもらうことにした。苦笑しながらも埃を拭いて、きれいに磨いて持って帰ってくれて、私はホッと胸を撫で下ろした。

また、この記事には一寸した後日談があった。三十年近く経った或る時、無口な母が珍しく、日頃親切にしてくれる隣の奥さんにこの新聞の切り抜きを見せたところ、とても感動され、ご主人に話されたらしい。たまたまご主人が新聞社に勤務されていたので、すぐ新聞に投稿、ふたたび記事になった。

「隣のおばあちゃんの宝物」という題で載っていたが、こちらの切り抜きだけは行方不明で

ある。

余談になるが、一昨年八尾市役所へ出向いた折、ふと見ると引揚者という文字が目に入ったので手にとって読むと、引揚遺児の何とか申請となっているので持ち帰った。一通り眼を通してみると、記念品が頂けるらしい。そうだあの時の母の日にも不似合いなほどの大きな花瓶を見て、

「金一封の方が良かったのに」

と後で大笑いしたことが思い出され、今度も記念品かと少々がっかりしながら、当時の状況についての欄に記入して投函した。ところが忘れかけていた或る日、物々しく包装された品が届いた。中には銀盃と書状が入っていた。

先の大戦における御苦労に対し心から慰籍の念を表し特別慰労品を贈呈します

平成二十一年五月二十九日

内閣総理大臣

麻生太郎

銀盃がどれ程の価値があるのか、興味のない私には全く分からないし、家族や孫に見せても反応もしてくれない。よく考えてみると、引揚証明もいつの間にか紛失している昨今にあって、せめて戦争を少々体験した者の証にだけはなるのではないかと思っている。

あまたある戦争悲話の中では、自らの体験などごくありがちな一つにすぎないが、昭和を駆け抜け平成も二十余年を経た現在に生ある者としての努めとして、やはりしっかり記憶していきたい。

私の心からは戦争はまだ消えていない。

和子 20 歳
妹 昌子 16 歳
(姉妹で一番美人だったのに
六十歳を目前に亡くなった妹と)
昭和 26 年 1 月 3 日

五十年目――よみがえる絆

戦後五十年、紆余曲折を経てもなお私のなかに在満時代の記憶は薄れゆくものではないが、日常生活の上では話題になることは少なくなっている。引揚げる直前に全国各地に散って行った同級生や、お世話になった方々、永遠の文通を誓い合った親友も年々減っていき、今では茨城県に在住の「あや子さん」一人になってしまった。彼女とは気候の挨拶はもちろん、近況を今も伝え合う、唯一の大切な友である。

一九九五年の秋、このあや子さんから何時もと違って大きな茶封筒の郵便が届いた。開封すると十数枚のコピーが入っている。内容は史実にもとづいたフィクション作家の楳本捨三(うめもとすてぞう)著の、「かくて関東軍潰ゆ」第八章の一節から抜粋されたコピーだった。そこには当時の、昌図の日本人の動向が克明に、かつ正確に日誌風に記録されている。序文を引用させて頂くことにしよう。

これは、終戦直後在満日本人の悲劇の縮図である。そして一つの見本である。日々生起する事件の簡単な記録は、記録として正確であり、感情の一切混じらない古文書的記録なのだ。

人の不確かな記憶ではなく、大勢の見聞を、大勢の眼と筆が書かしたこの種の文献は、それだけ信用してもよく、また、そういうかたちのものは殆ど無いといってもいい。

写真、図書、ノート、紙片一切持ってはならないという、どこから出た命令なのか知らないが、強いデマは、友人の住所録まで破棄させたなかに、民会発足から引揚までの完全な記録というものは、絶対にないといってよいと思う。

一日一日の三行か五行の記述の中に悲劇的な小説の素材や、忘れられないヒューマン・ドキュメントが残されていることを知ることが出来よう。

昌図は四平街から南に汽車で約一時間ぐらいちょうど長春と奉天（現在の新京）と瀋陽の中間で昌図県公署の所在地の小都会であり、終戦前は、日系約三百五十人、それに付近の避難者を始め、機械化部隊対戦車砲隊か？　本田部隊駐屯軍一ケ連隊の外に、広陵開拓団（広島）佐伯開拓団（大分）秋田の開拓団、約三ケ団の現地からの入昌避難者を加えて地方人は約三千五百名ぐらいの人口があったとみてよい。

長春、瀋陽、哈爾浜等の大都会においての日本人の記録は、往々にして全体は掴み難く、一人一人の個人的な経験であり、断片的にすぎる。

時に誇張もあり、不足もあろう。主観の偏在も多い。それにひきかえこれは小さいながら、一民会の一団体の、つまり終戦直後、在満期間中の日本人社会の一縮図である。日々生起する事件は大都会に於いてはこの記録に倍する事件が、規模も大きく、これに何倍何十倍して起こったものと考えていい。

そしてこういう正確な首尾一貫した記録は、不幸にして持ち帰ることが出来なかったのである。

これは、どのようにして持ち帰ることが出来たか不思議に思われるのであるが、記録中に出てくる、人物の名も、所も、一切を変更しないでここに伝えたいと思う。

更にこういう小さい一社会であった為であろう、他の大都会以上、日本人の互いに協力し援助しあう姿も想像出来る。日本人同志の醜い争い、嫉妬、利用、反感というものが、他とくらべて少ない。日本人が日本人を孤立の境界のなかで陥れるというような醜い面が少ない。ただ小さく固まっていた町であるからとばかりで片付けられないものがあろう。

以上の文に始まり、民国々長の谷内嘉作様、あや子さんのお父上、私の父の名前が日付、事件も簡潔で正しく記されている。

それ以上に驚いたのは谷内様のお孫さんの、浦環(うらたまき)さんのコピーが入っていた事であった。文は私宛のものではなく、茨城のあや子さん宛のもので、このコピーは昌図在住の方から巡りめぐって手に入ったこと、とりわけ寵愛を受けた祖父の足跡を辿って昌図を訪問、更に殺害されたといわれている八面城を訪問され、ご冥福を祈られたそうで、当時のお祖父様が能登の田舎から大望を抱いて渡満し、実業家として成功をおさめられた経緯、戦後どこでどのような最後であったかと、当時の事を知っている人にも会い、親切に案内もしてもらったが、定かな事は判らなかった、以上のような事が記されていた。

私はまざまざと思い出した。父が単身で見知らぬ異国に赴任した時、谷内氏に何かとお世話になったといつも聞かされていたことや、昌図公司という、今なら小型スーパーのような、食料品から日用品まである店へよくお使いに行った事、駅から官舎までの道路沿いにあるので公司の前は通学路であったこと等々。

この浦さんのお祖父さんに対する敬愛と思慕の情に感動した私は、失礼を承知でお手紙を差し上げたところ、浦さんから直ぐに返事がきた。

おそらく絶筆であろう、お祖父さまに戴いた父のために頂戴した弔辞を、帰国の際、肌身離さずに持ち帰って手元にあることを伝えてくださった。そして偶然に叔母さん二人が大阪在住で、お一人は短期間ながら八尾にも居られたこともわかり、二人の叔母さんとも文通の輪が広がり、お互いに心が通じ、近々お会いしましょうということになった。八尾西武でと、日時が決まった。

晩秋の肌寒い日であった。初対面の方とお会いする事に緊張していたが、いざお会いするとお二人とも私より少し年輩だが、とても和やかな温かい人柄がすぐに伝わってきた。

ご一家は戦雲厳しくなる前に引揚げてこられて、お父様一人が単身昌図に残られたそうで、敗戦後の様子は全く分からないとの事であった。当時の十三、四歳の子供であった私の体験、昌図の状況などを話すと共に、谷内様への生前のご恩にお礼を申し上げ、同時にお父上の書かれた弔辞をご家族の許へお返しすることが最大の供養になると思い、差し出した。

汗と涙でインクが滲んだ数枚の便箋であるが、大切にしてあったので破れもせず、達筆な文字で五十年の歳月と重みが感じられる。

お二人は大層感激され、ご遠慮されていたがお父上の人柄を偲ぶようにご覧になっていた。

「ご家族の方にお返しするのが一番良いと考えました。お父上の最後の筆跡だと思います。

それにこの文のお陰で色々役に立ちました。公的機関に提出する際死亡証明書として。母がなくなって数年経ちますが、母もきっと喜んでくれるはずです」

と言ってお返しする事ができた。お二人はこの様な貴重な物をと再三ご遠慮されていたが、慈しむようにバッグに納められた。

弔辞の最後には、

何もかも生命もとられる中秋節
中華民国三十四年九月二十三日
昌図日本人居留民団
団長谷内嘉作

と記入されていた。

この書簡はコピーをして私のそれぞれの弟妹にも郵送した。

思いがけぬ再会

今年も猛暑の夏が巡ってきた。

昨年にくらべると幾分か凌ぎよいかとも思う。このように比べられるのも生きている証しだと慰めている。そんな日々のある日、数枚の暑中見舞いを出した。近頃は賀状も最小限度に止め、よほど親しい方にしか書かなくなった。眼は衰える一方で、集中力もなくなり、なかなか前に進まなかった。以前は硯を出して墨をすって書いていたのが、いつの間にかボールペンに替わってきた。その上、まるで既製品のような味気のない文になっている。その中でただ一人だけ、余白に近況報告と震災のお見舞いを付け加えた人が居る。私の唯一の幼馴染であり、心のよりどころの人でもある。茨城県在住の方だが彼女とは六十五年間一度も逢っていない。

戦争が終わったあと満州から引揚げ、博多港に上陸し、各々の故郷へ散り散りに別れたが、文通だけは欠かさない親友だと固い約束を誓い合った仲間の一人だ。当時、北海道、東北、九州、四国にと、大きく言えば全国に亘って帰郷し、はじめは互いに文通も交わしあったが、私の方にも転居の理由などもあり、徐々に減りまた消息不明の方もいて、現在は彼女だけになってしまった。

私達一家が渡満し昌図の国民学校の五年生に編入した日からの友達である。人数の少ない学校で、五、六年生は同じ教室で授業をした。同級生の彼女は何かと親切に接してくれ、教わる事も多かった。兄弟も多くて現地の言葉は話せるし、満州の風習などに精通していた。国民学校の二年間と女学校の一学期の短い期間であったが、毎日一緒に楽しい日々を過ごしたものだった。

お互いに気持ちが通じ合って、文通だけだが交際は長く続いている。電話はほとんど使っていない。

私達の世代は、電話よりハガキ一枚でも書いて出す方が気が休まるし、心が通じあえると信じている。

ところが二十三年（今年）の八月初め、珍しく電話が入った。

「明日朝九時ごろそちらに着きますから。逢いたいの、大丈夫です、カーナビがあるから」とサラリと言って切れた。言葉をなくした私を尻目にして。狼狽した私は、今年の年賀の末尾に再三の手術を受けた事、でも現在元気で居ますと書き添えた事が、かえって心配をかけた結果になったのかと後悔したが、お互い元気なうちに再会できるのは今しかないと、快くお迎えすることにした。

でも落ち着きをなくした私は、狭い我が家には泊まって頂くこともできず、ホテルの予約は？　お食事は？　などと思いあぐねていたが、すべてはともかく無事にお逢いして先方の意向を聞いてからと開き直って床に着き、当日は朝から主人と二人で大掃除をして、遠来の客を迎える準備に汗を流した。ようやくお茶の用意も済ませた頃、主人が表に出た時、お隣の前に停車していた車の中から、

「このお宅はご存知ないでしょうか？」

と聞かれよく見ると私の封書だったので、

「これは、うちです。家内の筆跡です」

と、あわてて大声で私を呼んだ。

「ああよく来てくれて、遠いところを」

声にならない声で抱き合った。冷たいお茶を出してからボツボツと話しだしたが、さすがに長い年月、彼女もすっかり白髪が目立ち、顔にはシワが刻まれていたが、笑顔には少女の

頃の面影が残っていた。息子さんに運転してもらって昨夜十時に家を出て、ナビを頼りに丁度九時半に到着されたそうで、その間一度も迷う事もなかったようである。親孝行なご子息で、にこやかな好青年である。私達は歳月の流れを感じながらも、楽しかった女学校生活へと話題を移していった。

彼女の記憶力は素晴らしく、四平高等女学校の校歌をメモして渡してくれた。私は全く記憶にない。あのころは毎日唄っていたのに。

話題は楽しかったことだけに広がり、辛かったことや怖かった事には触れなかった。四方山話を五時間喋り、その後軽い食事をしたが、二時にもう出発すると言う。ご子息の都合だと聞いて引き止めることも出来なく、五時間だけの滞在になってしまい、心から残念に思った。

「和子さん、また来るから、元気で居てね」

と疾風のごとく去っていった。

十二時間もかけて来阪してくださったのだから、運転も大変だが彼女の行動力、体力に頭が下がる。震災時のショックは大きく、まだ毎日のように揺れているそうだ。今日も茨城県北部の地震情報が映っている。その度に少女だった頃の彼女の顔がほのかに浮かぶ。

平成二十三年八月

六十八年目の八月十五日

四季の移り変わりは、歳をとると速くなってせまってくるような実感になって、それが日々大切に生きねばと思いながら過ごしている。

特に今年は春を満喫する間もなく猛暑の夏に入り、八月十五日を迎えた。さまよいながらの長い旅路でもあったが、私には昨日の出来事のように思いだす印象深い一日でもある。

満州の秋は駆け足でやってくる。昼間の気温に比べて朝夕は涼しくとても爽やかだ。一面に続くコウリャン畑の周りには、背丈ほどあるヒマワリが大きな頭を重そうに支えている。このヒマワリの種を美味しそうに食べているのをみてはじめは仰天したが、この地の人びとはスイカ、ナンキンの種も食べる習慣があると父から聞いたことを思い出した。

この日は朝から妙に静かな雰囲気が漂い、何となく胸騒ぎがしていたが、

「お昼に○○さん宅に集まってください」

と連絡がはいった。

何の話かと訝る心を抑え、少し勉強をと机に向かったが、落ち着かず苛立っていた。そばでは、ちびっこ達が戯れあって騒いでいたが、母は昼前になると、

「ちょっと行ってくるから留守をたのむよ」

と、言葉少なに言って慌しくでかけた。

当時の母は外出することなど滅多になかったので、私は、下の児の世話に奮闘していた。やがて帰宅した母に顔だけを向け弟をあやしながら、

「難しい話やったん、何の集まりやの」

「よう聞こえへんし、わからへんかったが、日本は戦争に負けたらしいよ」

「エエッ、ウソヤ」

私は絶句した。十三歳を目前に控えた未熟な私には信じることも理解する知識もなく、ただ頭の中がグルグル回るだけであった。

父のいない家庭で家事と育児に追われる日々を過ごしている我が家には、戦局が逼迫していることも詳しい情報も届かず、実情には乏しかった。そのなかで自分中心にしか考えていない我が身が悔やまれた。邦人の間ではそれなりの情報も把握されていたと思うが、子供に

は聞かせまいとの配慮もあったかもしれない。

二学期になると学校に通い友達にも会えると、信じて疑いもしなかった私は、四平街の通学路、街並み、駅舎、先生、友達の顔が次々にかけめぐった。

しばらく経つと母も冷静さを取り戻したかのように、いつも通り夕飯の支度をし、丸い食卓をみんなで囲み普段と変わらぬ席についた。何事もないような和やかさのなかで「ご飯はこぼさんようにね」

「アアおつゆこぼしたの」

布巾で拭いたり、叱ったりの日常的で騒々しくも微笑ましい光景がそこにはあった。一家団欒の食卓を囲むことがどれだけ幸せなことであったか。

この日が最後になった。

再び味わえないあの日の夕餉のひとときを、いまだに回想する日である。

平成二十五年八月十五日

棲家

にこやかに手を振っておられるご成婚のパレードを、隣のおばさんの厚意にあまえて観せていただいたが、このときの白黒のテレビは、私たちにはいつになったら買えるのか、ほど遠く夢のかなたにあり、ため息をついた。

勤め人の主人と、横浜の名もない小さな神社で挙式して新婚生活をはじめたばかりの私たちにとっての、悩ましくまた憧れのテレビであった。

しばらくして東京の中野に転勤になり勤務に励んだものの、二人とも大阪育ちであり、どことなく関東の水はあわないと知って、屋台を引いてでも商売は大阪やと、早々と見切りをつけ、帰ってきた。

幸い小さな店がみつかり、大衆食堂をはじめた。この店をはじめとして色々な飲食店をした。当時高度成長期にさしかかっていた頃で、どの店も繁盛していたが欲がでて、もう少し広い店が良いとか、立地条件の良い場所が欲しいとか夢がひろがり、数年ごとに引っ越した。

まさに引っ越し貧乏を絵に描いたような生活を繰り返して、ただ前向きに励んだ。振り向くことのない若さと元気だけが頼りの日々を過ごしていたが、さすがに子供が学齢期になると、少し落ち着くようにと、市内から八尾に小さな中古住宅を購入することができ引っ越して、念願のマイホームを得て喜んだ。毎日信金のおじさんに預けたお金をはたいた。この地には馴染みのない私だったが、主人は叔母さんが近くにいるとかで、周りの田園風景や蛙の鳴き声にも懐かしさを感じているように見受けられた。子供は地域の学校に通って、増えていく住宅と共にお友達も出来つつあり、下校の時にレンゲ花束や、長男は青大将を持ち帰り、私を困らせたりした。八尾にきて四十数年、現在の店舗付住宅でお店をはじめてからも四十年近くなるが、今はもう引っ越しする勇気も元気もなくなってしまった。私の身体と同じでボロ家だが、いとおしく感じ終の棲家に決めた。

幼少の頃から幾度となく転居を繰り返し小学校の転校も四回、戦後の混乱期の仮住まいを入れると数限りない。

そのため私には幼なじみ、竹馬の友といった友人も少ない。あるとすれば満洲からの唯一の友である茨城県の、あやこさんだけである。

七十年に、一度お会いしただけの大切な心のよりどころとして、いつも微笑みを交わしている。

平成二十七年五月二十日

Ⅱ　あの日、この時

焼跡の町で――叔母と共に

もうすぐ一年になるなぁ、初盆だからお供えを届けねばと思い、遠い昔の回想に耽っていたところに電話で現実に引き戻された。従弟の声で、

「九月三日に一周忌の法要を行うので是非出席してください」

とのことである。私はこの偶然に驚きながら昨年の葬儀以来一度もお墓詣りをしていなかったことを心から詫びた。

姉のいない私にとっては、齢こそ離れているが、この叔母には叔母の嫁いで来た日からの深い縁で結ばれているのを感じている。十歳上の叔母との一番の思い出は、何と言っても終戦直後の我が家の引越しである。昭和二十一年のあの日もとても暑く、朝早くから太陽がギラギラと照りつけていた。

祖父が見つけてくれた生野区、現在東大阪市の焼け残った長屋をめざすことになり朝早く肥後橋の家を出た。どこからか古びたリヤカーを借りてきて、鍋、釜、ヤカンと布団など最

低の所帯道具を積み終えるとはやくも汗が噴出す暑さだ。

先ずは叔母が肩にベルトを掛け私が後ろから押すことになった。四ツ橋筋に出ると渾身の力を込めてただひたすら南へ南へと押して歩くが猛暑のせいで汗は滝のように流れ喉はカラカラ、それでも休憩もせずに道頓堀に出る。ちょっと休もうかとの叔母の声に救われ、地べたに座り込んだ。叔母がボコボコにへこんだアルミの水筒を荷物の中から出してきた。お互いに一口ずつ飲んで大きく息をつく。

生ぬるい水だったが、その水が喉を潤してくれて美味しかったことだけはいつまでも忘れ難い。

二十三歳と十三歳の女二人が恥ずかしげもなくリヤカーを押せたのも、混乱期ならではの世相の表れだと思う。

帽子もなくタオルを首に巻き、履物はたしか藁草履だった。祖母が調達してくれていた水筒は焼け跡から探しだしてきた品ときいた。喘ぎながら千日前を過ぎると、胸突き八丁が待っていた。谷九から上本町までの坂道がなかなか進まず、二人はありったけの力をこめて引っ張った。

声を掛け合い、ようやく近鉄デパートの建物が視角に入った時には二人で道路に尻餅をついた。日赤病院を右に尚東に向かい鶴橋から今里辺りに行ったところでなぜか私の記憶は途絶えてしまって幾ら思い出そうとしても浮かんでこない。

きっとあの坂道でエネルギーを使い果たしてしまったせいか、などと自分を慰めている。

色白で美人だった叔母はこの頃未だソ連に抑留されている叔父に代わり、気丈にも留守をあずかって、二人の年子の女児を育てていた。

祖父母と同居していた恵美須町の家が空襲にあい焼けだされ、親戚を頼り江戸堀の狭い路地の奥に住んでいたが、そこに母子六人引揚げて転がりこんだ。急きょ祖父母が必死で探してくれた住まいだった。その苦労を想像すればあの坂道のしんどさも吹き飛び、リヤカーを押しながら焼け跡の無残な光景を横目に、やっぱり今日は苦行の連続だったなぁと足を撫でた。

十九で嫁いできた日の美しい花嫁姿に魅せられた私だったが、九十一歳の天寿を全うした彼女には感謝の念を禁じ得ない。

二人の間には数々のエピソードがあるが、長じて戦後を回想し合えるのは、実子より私の方がより理解できて楽しく語り合うことができたように思えてならない。

昨年お別れの際に溢れでた涙と共にいよいよ昭和とも別れなければと実感しきりだった。

平成二十六年八月十一日

おとうとの一生

いつだったか珍しくシネコンに足を運んで「おとうと」という映画を観にいった。何となく題名に心を動かされたからだった。実際私と弟の関係に似ている。

彼は昭和十九年四月満州で生まれた。敗戦になって病弱な母の代わりに長女の私が育て世話をしながら引揚げ帰国した。

すでに父は暴徒の襲撃にあい悲惨な死を遂げていた。

周りの人たちは口を揃えて、

「よくもまぁこんな小さい子供まで無事に連れて帰れたものや」

と母と私の顔をみつめていった。

当時の私は、親子六人無事に帰国することだけを願っていたので、当然の事と思っていた。

後になって残留孤児が大きく採り上げられ、紙面を賑わすことになったが、その都度どこかで、よかったよかったとひとりで胸をなでおろした。引揚げた当座、内地の生活状況は厳しく、とくに食糧事情は貧しさを極めた。それは幼い子供に直接ダメージを与え、さまざまな病に冒された。

とりわけ、この弟は虚弱体質で年中医者通いをしていた。肺炎、肋膜炎、肺浸潤と呼吸器の病気が次々とすすみ、果ては肺結核と診断され療養所にも入った。従って小・中学校もろくに行けなくて、休みがちだった。母は、

「栄養失調が原因やと思う」

と言っては貧しい家計から牛肉・玉子・バナナ等をよく食べさせていた。明治生まれの母は、長男にも肉や魚を食べさせていたが、女姉妹は口にさせてもらえず、それを当然のように受けいれ、不満とも差別とも思わず、黙々と野菜の煮付けですませていた。

それでも義務教育を何とか終えると、縁があって戎橋筋にある老舗のすし屋へ見習いに行くことができ、身内はもちろん、本人も喜々として、働く意欲が湧いて来たようだった。しかし、半年もするとまた体調を崩して帰る事になった。

もともと体調なども話し理解して雇って頂いているので、一時休暇の便宜を計って下さったが、二度、三度となると本人も気を使って行き辛くなり足が遠のいてしまって辞めざるを得ない。しばらく家で静養して、体力が回復すると今度は旅に出ると言い地方のすし屋へ働

きに出るようになった。

そんなことを何回も繰り返すうちに二十歳代は過ぎたが、その後も相変らず一年足らずで体調を壊しては母のもとに帰って来て寝ている。母は、

「いつまでもこんな生活をしていても本人も張り合いがないやろうから店を持たせたら落ち着くのでは」

と私に相談に来た。それもそうだと私は不安ながらほんの少し望みを託した。母は必死で貯めたお金を用意しこの更生に賭けた。

ちょうど近くに小さな店舗付住宅を見つけて、店を構えた。三十歳を少しすぎた時だ。店舗の保証金、什器、備品と母には相当な負担だったが、愚痴も言わず、却って息子の片腕として働ける喜びに浸っているよう見えた。親子の奮闘ぶりに私も時々手伝いに行き、ようすなどを窺っていたが日が経つにつれ、飲酒の量はふえ閉店後に客を連れてミナミまで出向くことが度重なっていった。本人は、

「店を持ったら一生懸命働いて、おふくろに迷惑かけへん、酒は飲めへん」

と懇願するので我慢をすることにしたが案の定、最初の意気込みも長く続かず、一年余りで廃業に至った。

病を口実に休業し、心配していたアルコール依存症の兆しが現れはじめた。以後は、坂道を転がるように酷くなるばかりで、暴言や暴力的な振る舞いが見られるようになってきた。母は年金生活だが、その僅かな収入をねらって小遣いはせびるし、暴言を吐き、当り散らす。さすがに年老いた母に直接手を挙げることはないが、仏壇にまで当る始末で再三、私が説教しても耳を貸すこともなくなって行った。私はこの時、お酒を少々飲んでも、お客相手の商いだからと見逃していたことが甘かったと悔やんだがおそかった。

母は息子の乱行に恐れをなし、度々私の家へ逃げてくる。母は小さな家に弟と二人で住んでいたが、比較的近くに私どもも飲食店を営んでいるので、何かと相談にのっていた。

やがてアルコール依存症の症状が増し、母も困り果て二人で保健所に相談に行った。そこで断酒会を紹介してもらい入会させたり、専門の病院へ入院させたりもしたが、帰宅するとまた呑んでしまって失敗する。たまに本人が我慢して禁酒している時を見計らい、諭しに行くと、そのときは理解してくれ、自身も罪悪感や自己嫌悪に陥り、苦悩しているのが伝わってくるのだが、やはりもともと意志薄弱で繰り返してしまうことになる。

そんなことを何度も繰り返して暫くすると、少しは気持ちをいれかえたのか和歌山の奥地にある寺で修行に励み、体力も回復して、農作業奉仕活動に精を出しているようになり表情

お寺に行き修行していた頃の弟
(昭和59年6月16日)

も明るくなってまた休暇をとり帰宅した際には、家族みんなが安堵の念を抱いた。今度こそは更生の道を歩んでおくれと、ただ祈るような気持ちだった。

やがて、母も八十を過ぎ、入退院を繰り返し、徐々に体力が弱っていった。そんな母を今度は弟が看護しなければならない羽目になってしまった。

長年家を空けたり戻ってきたりの生活だったが、母の容態を眼のあたりしてようやく、観念したのか介護に専念しているように見うけられた。

たまに心配してのぞくと殊勝にもいそいそと母の好物を柔らかく煮て、病人食を作っているので、

「さすが調理師やねぇ。美味しそう」

とおだてながらも私のほうでは依存症の不安はなかなか消えなかった。

暇をみて出向いても、しもの世話もそつなくこなしているのを見てやはり実の親子だなぁ

と思ったが反面、時々は飲酒しているのが判った。またギャンブルにもハマッていて、母の財布からお金を抜き取り暇を見ては出かけていたことが後にわかった。

周りからは母と姉である私に、弟に対する接し方について批判されるようなことが思い出され、母性本能の心理から来る過保護の甘さもあるのではないかと反省もした。

といってながら日々の介護は弟に任せ私たち姉妹は平穏に過ごしていたが、やがて高齢の母に末期的症状が現れて、再度入院した。そこで兄姉五人がシフトを組み、交代で病院に行き付添うことになった。

平成二年六月十六日、朝から荒れた天気で雷雨が時々襲った。

今日は奈良の妹の当番日とわかっていたが、虫の知らせか病院へ駆けつけて妹と静かに枕元に立ち見守っていたところ、突然痙攣し、あっけなく逝ってしまった。眠るようなおだやかな顔だった。

不肖の息子を残し旅立つのはさぞ心残りであったろうが、私と妹が臨終に立ち会えたことは、母にとっても幸せだったと思い心をこめて合掌した。しかし弟はその場には立ち会えず、不幸者ゆえの罰だと思っていた。だが同室の人の話しでは亡くなる前夜に、母の枕もとで般若心経を熱心に唱えている姿をみかけたと聞き、胸に熱いものが込み上げてきた。

その夜独りきりになった弟について、兄妹が集まり、あれこれ相談のうえ、母が残してくれたこの家に住み自立するように懇々と諭した。本人も、

「その覚悟は出来ている。これからは独りや」

と呟いた。更生するにはよい機会だったが、私の悪い予感は半年後に的中した。年金の中から残した僅かなお金は更生の為にと、弟に全額渡し家屋の名義だけは姉弟の共有にした。だがそのお金も半年で使い果たしてしまったのだった。せめて仏の守りは自分がするというので任せていたところ、当初は神妙に朝夕の燈明も欠かさず、お経を唱え、禁酒もしていたが、抜けきれない悪習慣がまた荒れた生活へ戻っていった。

たまたま数年前から、公害病患者の認定を受けており、少々の年金は入るので食費くらいは何とかなる計算で、足りない分は働いて補うようにすればよいと皆が考えていたのが、やはり誤算であった。

「姉ちゃんお金貸して」

とたまに店に無心に来る。最初のうちは、

「ほどほどにしとこや、計算して遣わんとあかんよ」

と言いながら独り暮らしで淋しく仕方ないのかなぁと自問自答し、少しは持たせたが、し

ばらくすると私にだけ聞こえるように耳元で小さな声で、

「なにも食べてないねん」

さすがの私もこう再々来られては困るし周囲の目もある。

「これだけあげるけど、二度と来たらあかんよ、出入り禁止や」

と語気を荒げて追い出した。しばらく来なくなるが来なければ来ないで気がかりでもあった。すると今度は、サラ金に手を伸ばし、「金利が高いから、金が足らん」等と言ってやって来る。

きつく説教をすると、奈良の妹に電話で泣き言を並べ、お金を振り込ませたりする。弟は他の兄弟の家には一度も顔も出さず、困り果てると奈良の妹と同じ市内に住む私だけを頼りきっていた。

ある夜、警察から電話が入り、

「直ぐに迎えに来てください」

と困り果てた様子なので聞くと、泥酔して路上で寝ていたとか。私はもっといやな事を考えていたので少し胸を撫で下ろした。警察に入ったのは、以前主人の免許更新について行ったとき以来であった。

身元引受人の書類に押印しやっと連れて帰る。何度か同じ様な事が繰り返しあったので、専門の方に相談すると、

「もらい受けに行くから駄目なのです。放っておきなさい」

とアドバイスを受けたので、懲らしめるため次に電話があった時「姉には間違いないですが、そちらで好きなようにして下さい。今は出向く事が出来ませんから」

と言って切った。後味の悪い電話であった。

周りには笑い話ですませていたが、ここで突き放すことが、いかに切なく辛いことか、弟がどうなったかは知るよしもない。

又ある寒い冬の深夜、低い押し殺した様な声で、

「弟さんの家から変な臭いがしている。一度見に行ったげなさい。中で異変が起きているのと違うか」

という電話があった。その言い回し、低い声等から咄嗟にサラ金の取立てやなと意外にも冷静に分析し、対処したつもりだが心臓はドキドキと激しく打ち動悸が止まらない。とにかく確かめようと、凍てつく深夜に出向いた。

合鍵で家に入ると、真っ暗な中で布団を頭から被り寝ている。

「姉ちゃんサラ金や、滞納しているんや」

と言って布団から顔をのぞかせた。苦し紛れに電話番号を教えたのかもしれないが、私は保証人になった覚えもないので放っておく事にした。

しかし、放っておき過ぎると、自殺未遂を二度三度、と繰り返しその都度、警察から呼び出されて慌てて病院へ駆けつける。

「お騒がせして申し訳ありません」

と謝る羽目になる。

警察、病院等には必ず私の名前と、電話番号を知らせたらしい。

いい歳をした男の保護者ではないのにと憤りさえ感じた。

だが最初に身元引受けをした事実があるので、止むを得ないことだとも思い諦める。

気の小さな意志の弱い弟なので、犯罪に関ることはないと信じていたが、泥酔による迷惑行為や、自殺未遂による通報等で心労は増すばかりであった。

この様に何度も同じことを繰り返している内に、月日は流れた。

幾度か希望が見え社会復帰が出来るのかと伺える時期もあったが、それは束の間で、泡のように消えてゆく。

周りからは「母親代わりによくやるねぇ」などと揶揄まじりの声もあったが、満州からの引揚げ時つらい体験もあるだけに、子供に対する愛情とは違うもう少し複雑な情愛が潜んでいるのかもしれない。

母の十七回忌も済ませた頃、とうとう本人が発病した。

膀胱癌だと告げられたその夜、またしても自殺未遂を起こし、私はまた病院に駆けつけた。主治医は手術後「背椎にも転移していて、とれない部分もある」と私に説明した。術後一度帰宅したが、背中の痛みが激しくなり、平成十九年、桜が散り、新緑の山々が美しくなった頃、再入院した。

私も一年前に同じ病院で手術を受けており、通い慣れているので、暇があれば顔を出した。医師には、これまでの生活態度や性格など、包み隠さず話してある。本人のことをよく理解して下さった先生には、

「緩和ケアをよろしくお願いします」

と再三頭を下げた。

弟は余命半年という事である。

入院後まもなく、激痛が日増しに酷くなる様子で、痛みに耐えるだけの日々がしばらく続

いた。

ある日、検査結果を聞くため、主治医と本人との三人で会った時「あとどの位の命でしょうか」

と弟がたずねた。

少しためらいながら、

「月単位でしょう」

「わかりました」

と力なく静かに言って、

「先生、最後まで面倒みて下さい。よろしくお願いします」

とすがる様に頭を下げた。

心から信頼できる医師と出会って、本当に良かったと、私も頭を下げた。

その後病院の庭まで車椅子に乗せて二人きりで、ゆったりした時がながれた。話したいことが沢山あり過ぎて私は言葉にならず弟も宙をみつめたり私の顔を見たりしていたが、ついに一言も発しなかった。

夏の日差しが眩しく、病室にはない心地よい風が二人を包んだ。

二人には本当にゆっくり、初めて味わう快い静かなひとときだった。

数日後、鎮痛剤で少し痛みも和らいでいるように見受けた。

気持ちも整理され、覚悟ができて落ち着きを取り戻した。

「姉ちゃんには色々心配かけてごめんなぁ、意識がはっきりしている内に言うとかな」

私は込み上げる熱いものをこらえて、

「子供のように思うてたから」

と辛うじて返した。

「酒もギャンブルもでけへん今の俺を見たら、お袋も心配せえへんかったのになぁ」

「後悔しても、後のまつりや」

あんなに、乱行を繰り返した半生を詫びているのだと感じた。

「お母ちゃんの十七回忌もすんだなぁ」

と、ポツリと呟く弟を前に、最後まで面倒を見て支えねばと自分の体調も忘れて決意した。

程なく私が居る時に、部屋がナースセンターのすぐ前にある個室へと移った。色々な器械を付けられて、喘いでいるが未だ意識はある。そこに長男が見舞いに来たとき、

「兄貴らしい事も何も出来んと、悪かった」

と頭を下げると弟が、

「随分世話をかけ、心配ばっかりさせてすまんかった」

この期に及んでも皆に謝る事が出来る。それは良心があった証であり私はとても安心した。

二度目に入院して暫くたったころ、

母と弟

「借金がまだあるねん、後々面倒かけるのは気がかりや」

と言うので、弟妹と三人で相談して返済することにした。

「すっきり清算したげるから、治療に専念しいや」

とだけいいサラ金に一緒に付いて回り全て支払いを済ませた。

「すまんなぁ姉ちゃん」

と腰を押えて弱弱しく言うので、

「これですっきりしたやろ」

と言ったが、余命を知る私はとても複雑な心境だった。

これで本人も安心したのか、落ち着いてベッドで経本などを広げ、痛みに耐えていた。

末っ子で病弱、従って過保護で育ったこの子は、生涯家庭を持つこともなく侘しい人生だった。

酒と賭け事に走り、酔うと強く見せたいが為に変貌した。

「何のためにこの世に生まれてきたのかなぁ」

母と二人でため息をつきながら、案じることが間々あった。

「痛みだけは、出来るだけ緩和してやってください」

再三の申し出に主治医も応じてくださった。そのお陰で最後の十日程は、いつ行っても眠っていた。

看護師さんやソーシャルワーカーの方が、耳元で名前を呼んで、

「大好きなお姉さんが来てはるのよ」

とささやくように言うと少し笑ったように見える。

夜も付き添うようになって幾日か過ぎた日、私と痩せ細ってベッドで寝ている弟の、二人だけの時があったので、耳元で、

「よう頑張ったねぇ、もう頑張らなくてもいいよ。生まれ変わったら真面目な人生を送りや。

お母ちゃんが待ってくれているよ」

と初めて顔を撫でてやると、にっこり微笑みを浮かべ、穏やかな表情になった。

この言葉が通じたのか、枕もとにある器機の数値が異常を告げ、看護師と主治医が飛び込んで来たが、診る間もなく静かに息が絶えた。

本当に静かで安らかな死であった。私が最後に見守ってやれた事はお互いに幸せだったと思う。二人は友達でも夫婦でもないが、深い見えない絆があった様に思えた。

通夜の席では、この弟に悩まされ、振り回された事など、過去のエピソードに泣き笑いしながらみんなで話した。独りきりで淋しかったんだろうと、その夜は佛を囲んで、座布団を敷き詰め寝ることにした。

ささやかな葬儀を済ませ、病院へお礼の挨拶に行った時、ソーシャルワーカーの方から、

「私が代筆したのですが、弟さんからお預かりしています」

と二通の封書を受け取った。

一通は私の主人宛、もう一通は妹の旦那宛のものである。そこには、

「実の兄弟のように良くしてもらった。何回も酒を止めようとしたけれど、止められへんかった。本当に今までありがとう」

と礼を述べてあった。

弟のエンディングノート、最後の一ページだった。


弟が逝ってはや四年が過ぎた。私の悩みもなくなり、深夜に呼び出されることもなく、平穏な日々を過ごしている。

今にして思うと、あの弟の生まれた意義があるとすれば、母子六人、五人の姉弟が、母を中心に互いに支えあい、励まし合って私たちが育ち、各々が家庭を持った後も、本当に仲の良い関係を保ち続けて来られたのは、実は、あの弟が居たからではないかということだ。事を起こすたびに、狼狽し心は乱れた。時には皆が集まって、良い方法を模索するが、いつも解決策は見つからなかった。

本人の意志に任せるほかなく、いつも母を労わりながら、お互い重い気持ちを抱えて帰るしかなかった。

人様に迷惑を掛けていないか泥酔して交通事故にでも遭わないか、暴飲による肝臓病は、など数え切れない心配事が襲ってくる自業自得の末だと開き直る以外になかった。

しかし本音は、最低でも良いから自立した社会人になる事だけを望むばかりの日々であった。

四歳下の妹は、恵まれた家庭を築いたが、母の後を追うように若くして逝き、今では長男と妹の三人だけになってしまった。

淋しくなったが、歳を重ねるにつれ、私達の姉弟愛は日々増して行き、幸せな余生を過ごしている。

一心寺

いつもお彼岸には混雑するので、日をずらしてお参りしようねと、約束していた日がきた。朝夕肌に触れる風に、ほんのり秋を感じられる季節がきた。体調を考え、車で迎えにきてもらった。彼は私の弟で長男でもある。姉妹思いで、私の我儘をよく聞きいれ、また心配してくれている。安心してシートに身をまかせた。境内に入るとすでに大和高田に住んでいる妹と姪が待っていた。このお寺には、さんざん姉妹に迷惑をかけた末の弟のお骨が納めてある。我が家は、京都府下の臨済宗の寺に先祖の墓と両親の墓があるのだが、弟は気儘な人生と独身だったため、日ごろ母が言っていたように弟妹と相談したすえ、幼い頃から好きだった通天閣とミナミの灯りを見下ろせるこのお寺を選んだ。昼間は都会の真ん中とも思えない雰囲気が漂い、大木が覆い繁り無信心な私も、心が清められる。この高台なら彼に相応しい安息の場所なのかもしれないと。

日が暮れると、七色のネオン輝く町を千鳥足で機嫌よくさまよっている弟の在りし日が偲ばれ、胸のつかえがおりた。私はこのお寺のことは、前まえから聞いていたが、六年前にはじめて参詣し、意を決し弟の納骨をすませた。

上本町から便利だし、ミナミに遊びに出るときには、必ず手をあわせることができると安易に考えていたが、私の体調がすぐれず気がかりながら六年も経ってしまった。兄妹揃って七回忌の法要をすませて本堂の左側にまわると、骨粉でつくった仏さまが並んでいる。ロウソクの灯がゆらめき、線香の匂いに圧倒されながら、お参りできたことに感謝した。

帰りに戦後満州から引揚げてきて暮らした恵美須町界隈や、日本橋三丁目の付近を車窓から眺めては懐かしい思いに浸った。旧我が家だけは依然として変わっていなかったが、回りの家は小さいながら四、五階建ての店舗兼住宅に変身している。

町の移り変わりは建物だけでなく、えんじ色の市電も走っていたなぁと、賑やかになった。当時近くには電気屋さんが次々に増えていた。

毎日のお惣菜は、黒門市場で新鮮な魚介や野菜を買いに行き、時には交差点を渡って松坂屋の地下にもおつかいにいった。思い出のつまった地なので一人ひとりの違いこそあれ、貧しいながら懸命に過ごした昭和の時代を想いおこしていた。黙って聴いていた姪が、

「お母ちゃん達が、こんな繁華街で育ったのん、全然知らんかったわ」

と言う。やはり親は伝えることは今こそ伝えておかないと、それが叶わぬ時がいつやって来るかもわからないと痛感した。

あれから六十数年五人兄妹のうち下二人が先に逝き、辛うじて健在な三人がそれぞれの想いをこめて有意義に過ごした一日であった。

衣替え

幼い頃、祖母から聴いた言葉が忘れずにのこっている。

「和子、今頃になると船場、島之内のおいえはん、ごりょうはんは衣更えというなぁ、絽や紗の薄物の着物にかえ帯をシャキッと締めて凛として番頭はんや丁稚どんに指図をなさるのやでえ」と話し遠い昔の風習などを教えてくれた。

みずからもそれを守って暮らしていた。明治中期の生まれだったこの祖母は初孫の私をこよなく可愛がり昔話をよく聞かせてくれた。秀吉を崇拝し、

「太閤はん、太閤はんはなぁ」

と褒めたたえる。おばあちゃんの話を聞くのが楽しみでまるでおとぎ話のように黙って聞いていた。また機嫌のいい時は浄瑠璃や清元を口ずさむ粋で明るくおもしろい人だった。

戦後引揚げてからは季節に関わらず間にあわせの耐乏生活が続いたが、働くようになりコツコツ貯めたお金を握り締め仕事を終えて神戸三宮のガード下に布地を買いにいった。小さ

な店が裸電球をぶら下げてひしめき客を呼びこんでいる。一緒に行った友達には目もくれず、自分好みの品選びに時間を費やし、迷った揚句、赤い小花模様の木綿の薄い生地を求めた。それぞれ選んだ品を抱き抱えるやうに持ち明るい気分で持ち帰り、その日早速ギャザースカートを手縫いで仕上げた。丁度ころもがえの時季なので翌日ルンルン気分で着用したが、一度洗ったら色が落ち花柄はなくなり、ピンクの無地になって二度と着られぬ無残な姿になった。当時はこのような粗悪品の横行も珍しくなくて、世間が落ち着いてくるに従い徐々に姿を消していったが、この時の悔しさと切なさは忘れ得ぬ苦い思い出となり、昨今話題にすると笑い話になってしまう。穏やかに笑ってすましているが、いたいけな乙女の心を傷つけたことは許せないと、ここまで言うと、皆一様に私の顔をみて笑いだす。

あれから六十数年、現在は自由気儘な服装で闊歩し色彩のオンパレードだ。我が家でも所帯を持ち始めた頃は柳行李や竹行李に詰め替えていたが、今ではプラスチックの箱に詰め込み押入れに積んである。使用ずみの行李の類はいつの間にか姿を消している。ライフスタイルの変化で子供の家を訪ねると、クローゼットには、沢山の衣装が掛かっていて、一目瞭然で探しやすく便利だと言う。

この歳になると季節を肌で感じるままに調節してはいるが、やはり六月一日、十月一日には制服のボタンや綻びを調べた頃が懐かしく思え、それも遠くに去ってしまった。
こんな決まりごとも、あるほうが良いのか守るべきかと考えるが、昨今の異常気象による災害の多発、地震、豪雨、豪雪数え上げればきりのないこの不安定な世の中に生をうけている以上は命の大切さを味わいながら、ともかくもこの冬も毎年愛用している綿入れのチャンチャンコを着込み、ひたすら春の暖かい日差しを待ちわびている。

平成二十六年一月末

電話あれこれ

昼下がりのひと時心地よく眠りに誘われている。そんなときに限って電話のベルが鳴る。

「もしもしこちらは〇〇霊園のご案内ですが」

「結構です」そっけなく返事をする。また、あるときは、

「こちらは〇〇互助会と申しますが」

まるで個人情報を調べ尽くしているような勧誘の電話で、このたぐいの電話は不愉快である。個人情報云々と騒がれて久しいが本当に迷惑だ。

私が初めて電話を知ったのは小学五年生、満州に住んでいた頃だった。たぶん二号自動式壁掛け電話機だったと思う。箱型の上にベルが二つ並んで載っていて受話器が左に掛かっている。話す時にはラッパのように突き出た送話機に向かって大声で話す。その下にダイヤルがついている。どちらにしても交換手を通さないと繋がらない。

日本に電話が入ったのは明治の中期頃。公衆用として使われだしたが、はじめは荷物を運

んでもくれないし、ベルが雷のような音で話もできないと、大きな商店の間でも敬遠されがちだったが、そのうちわざわざ行かなくても用が足りる、また火事の時などには早く連絡が取れるなど便利なことがわかって、加入者が増えてきたとある。

父が、たまに早く帰宅している時には、決まったようにジリジリと大きなベルの音が響く。丁度夕飯の支度で忙しい母に代わって、よく私が受けた。

すると交換手の美しい声で、

「○○さまからでございます」

と伝えてくれるが背の低い私は、精一杯背伸びをして受話器をとったものだ。その時間帯に掛かってくるのは決まって父の友人だった。或る時母に尋ねてみた。

「お父さんは、どうしてそんなに忙しいのかな」

と聞くと、

「仕事の打ち合わせもあるでしょうが、麻雀の誘いの方が多いのと違うかな。たまにはゆっくり休めばよいのにね」とやや不満げに洩らしていた。今思えば満州の冬は長くて厳しい寒さが続くので、この室内遊戯は大人にとっては唯一の娯楽だったのかも知れない。

私もずっと後に子育てが一段落してから麻雀を覚え、一時夢中になったことがある。あの頃の父も覚え始めで面白くて誘惑に勝てなかった気持ちが理解でき微笑ましく思い出されて懐かしい。

この形の電話機は、大正末から昭和、戦前、戦中頃まで都市部で使用されていたらしい。引揚げてきてから何年かたち、お隣で呼び出しをお願いできることになり、緊急の用事に利用し、ご迷惑をかけたものだった。我が家に電話が引けたのは随分後のことでこの時はもう卓上のダイヤル式の黒電話であった。所帯を持ち、お店を始めてからも、やはり同じ黒電話であり別に客用にピンク電話を置いたくらいであった。

つい最近までこのダイヤル式を愛用し、ピンク電話も置いてあったが携帯電話の普及で利用者が徐々に減ってきたので、ピンク電話は撤去してもらった。家庭用には相変わらず黒いダイヤル式を愛用していたが、ある日、妹の旦那が来て見るに見かねて余っていたプッシュホンを取り付けてくれた。

こうして月日が経ち、携帯電話が分身のように手放せない人達を苦々しく横目で見ていたが、やがて私にも携帯を持つ日がやってきた。

その日が奇しくも、二〇〇一年九月十一日であった。二日後の誕生日のプレゼントに息子夫婦が買ってくれたものだった。

嬉しさと使いこなせるかな、との不安を抱えて取り扱い説明書を読みかけたときに、テレビからあの衝撃的なシーンに切り替わり、以後はアメリカ同時多発テロの話題に終始して私の記憶に深く刻まれることになった。数日経ってからお嫁ちゃんの丁寧な教えによって何とか使えるようになり、今では三台目に替わっている。

現在聞くところによれば、アイフォンやスマートフォンだと新機種が受けているとか。またシニア向けの簡単操作のものがあり、そのための講習もあるそうだ。どこまで進化するのかなあ、こうなればもうついては行けない。呼び出しでご近所に迷惑をかけ、名刺の電話番号の末尾に（呼）をつけた頃はすっかり遠のいてしまった。その時代のことを思うと隔世の感がある。ましてアナログ人間の私にとっては未知の世界の話で想像もつかない。

現在は、何処を見渡しても不透明な世の中。せめて私たち高齢者にもう少しわかりやすくならないものか、そう心から願いながら日々を過ごしているが、文章クラブのおかげで、今は必要に迫られてパソコンに挑戦し慣れない手つきで悪戦苦闘している。

疲れを癒そうと夕暮れの散歩に出かけると、心地よい秋の風が肌に優しく季節の移ろいを感じる。春には華やかに咲き誇り、楽しませてくれた桜の木々の根元に、真っ直ぐ背伸びをしている彼岸花が数本咲いているのが目につき思わず心が弾んだ。老いを振り払い進もうと。

今年こそ秋の紅葉を楽しみたいと今からワクワクしている。

平成二十四年九月二十日

お嫁ちゃん

五月晴れのある日そよ風に吹かれるようにそっと入ってきたのは裕子ちゃんで、息子の嫁である。いつも他人さまに話すときはお嫁ちゃん又は裕子ちゃんと呼んでいる。

「お母さん、母の日なのでどうぞ」

「いやぁいつも気を遣わせてありがとう」

このような言葉を交わして幾度プレゼントをもらったことか。

彼女とは嫁姑というより実の親子のようでもあり時には友達のような関係で、私も何事もかくさず相談することにしている。嫁いで来てから私ども二人の誕生日、父の日、母の日加えて敬老の日、お正月と数えれば、毎月のように悩ませているかも知れないが、いつも優しい笑顔で夫婦揃って顔をだす。先日も二人を前に「もう大阪に来て何年になるのかなぁ」

「今年で二十年になるんやでぇ」

と息子に言われて今更ながら時の流れを痛感しながら二人の顔を改めて見つめた。親馬鹿を承知で言うと、四十半ばに達する夫婦とは見えず、本当に新婚さんのように仲がよい。多分子供のいない事もひとつの原因かとも思っているが、現代医学では子供をもつ種々の方法もあると聞くが、無理をしないで自然に任せる道を選んだとも思っている。

もっとも本人達は子供がとても好きなので残念だと思うのだが、代わりに兄妹の子供をとても可愛がる。

彼女は、山形県出身で高校をでるとすぐに東京に就職して頑張っていた。

山形の両親は都会で働かないで地元におきたいと再三上京し説きさとされたようだが、雪深く厳しい寒さの郷里に帰るのを拒んだそうである。そのような折、息子と縁があって大阪にやってきた。

東京で新婚生活を始める夢を描いていただろう二人だったが、私の病気のために大阪で所帯を持つことに決めてくれたそうだ。

数ヶ月後、体力の回復を待って彼女のご両親に挨拶に行くことになったが、東北には全く縁がなく、病み上がりの身にとっては外国にいくような心細い気持ちであった。

先方のご両親は東北特有の穏やかな雰囲気のある方で時々なまりを交えて話され、とても歓待して下さったので、私たちの不安は杞憂に過ぎなかったと心からうれしくなりホッと胸をなでおろした。

八月に訪れたが、朝夕の気温は低くて気がつくと布団を頭から被っていた。朝早く起きて散歩をすると家の裏にはゆったりと流れる大きな川が澄み切った水を湛えている。最上川の支流だそうで、鮎が沢山釣れると聞いた。大阪暮らしの私たちには羨ましい限りで、周りは濃い緑の山々が望め、近くでは稲穂が重そうに実って頭を垂れている。

自然と共に暮らし、寒い冬を乗り越えてこそ実りのある暮らしができると生きて来られた東北の方たちの辛抱強さに触れた思いがした。このような環境に生まれ育ったお嫁ちゃんは、素直で素朴な理想の女性で大切にしなければと心から誓った。

都会では味わえない自然に恵まれた土地には穏やかな人格が育つのかも知れない。

それから一年ほど懸命に働いて結婚資金を貯め挙式した。山形からは両親、主な親戚を招いてのささやかなものであったが、温かい雰囲気が、溢れていた。私は、病のことなど忘れて、幸福感に浸っていたが、後から考えるとこちらの都合ばかり優先して先方のご両親の気持ちを察する余裕のなかったことを反省もした。見知らぬ土地に嫁がせる親の心中は計り知れないもので、そっと涙を拭われたことだろうとの思いがしたのは帰宅してからのことであった。

その後二人は山形でも披露宴をして大阪に招待できなかった方をお招きしたそうだ。それからは四季折々に、春には珍しい山菜やわらび、五月末にはさくらんぼ、夏は茄子、きうり、とまと、とうもろこしの夏野菜が大きな箱で宅急便で毎年届くようになった。

丹精こめてつくられたこれらの品は、お店をやっていた頃は大変喜ばれ、そのほかにも友達にもおすそ分けして賞味してもらい、残さず頂いたが、廃業した今老夫婦きりなので、辞退させていただくことにした。

義理堅いご両親の長年の厚意に感謝している此の頃である。

たまに電話をすると、今が一番気候が良いので是非お越しくださいと誘っていただくが、これも丁重にお断りしている。ちなみに若夫婦は毎年お盆休みにはお墓参りを兼ねて顔をみせに訪れている。

故郷のない私にはたった一度きりの訪問であったが、あの田舎の自然の風景が今も色鮮やかに浮かんでくる。

彼女は、

「山形にいた期間よりも大阪に来てからの方が長くなり、すっかり河内の言葉にも慣れ、大阪のおばちゃんしています」

とやや訛りのある大阪弁で明るく笑っている。

平成二十四年五月

祖父母

父方の祖父母は私にとっては本当にありがたい存在で、引揚げて来てからの支えは祖父の力に頼りきっていた。今でも大いに感謝している。母方の両親は早くに死別しているのであまり聞くこともなくまた縁もなかった。

実はこのおじいちゃんとは、血の繋がりがない。

おばあちゃんとのなれそめは、聴かされていないが京都出身だと母は言っている。京都人らしくお洒落で着物に精通していて、食は大阪のくいだおれ、履物は江戸好みの皮の鼻緒の雪駄しか履かない人だった。

私が知っているのは背筋を伸ばし着物を粋にきこなして火鉢の前でキセルを吹かしている姿だった。

おばあちゃんは鼻高な美人であるが、いつも黒っぽい縞の地味な着物でたち働いていた。普段は着るものにあまり関心がなく、だらしないと二人は時々口喧嘩をしていた。それは当然のことで、祖父は呉服を扱う商人だったが主に新町や南地の芸者に売り歩く行商人だった。ハンサムやイケメンとかいう言葉のない頃、歌舞伎役者みたいなええ男はんで通っていた。

花街に呉服を持っていくと、きれいどころが集まってきて、たちまち売りつくしてしまうのだが、相手もさるもの引き止められ、飲めや歌えと騒いでいるうちに、長逗留し呉服の代金をほとんど遣ってしまう。この繰り返しに手をやいた祖母はついには自ら一緒にでかけて芸者さんとも親しくなり売りまくったそうだ。

またあるときはウラジオストックまで二人で足を延ばして売りにいったことも二、三度あるとか、自慢話に聞いたこともある。このような二人のエピソードは、母や叔母に面白おかしく聴いた話で、もちろん戦前のことである。放蕩するたび祖母が怒り狂って大喧嘩になって籍を抜き、しばらくおとなしく商いに励んでいると祖母の機嫌がおさまり復縁する。周りにいるものはいつもヒヤヒヤさせられたが当人は何事もなかったように振舞っている。祖母は、先夫と早くに死別し男児二人をもうけ、その長男が私の父である。

祖母は日本髪の名手で花街の芸者さんに人気がありお師匠さん、おっしょはんと慕われて遠くから来る人も多くいたらしい。

母や叔母たちに言わせると、

「別嬪の芸者はんに結い上げた、くずし島田なんかは惚れ惚れして見あげていたもんや」

とため息をつきながら話してくれた。

母や叔母は、まるで家庭劇のようやったと笑う。

残念ながらおばあちゃんの髪を結うこの姿は知らない。だが祖父のお茶屋遊びがおさまらず、ついに髪結いをやめ共に呉服を売りにまわった。

戦後世の中が少し落ち着き始めると、渋谷天外、藤山寛美の看板が中座によくかかっていた。

おばあちゃんは忙しい合間に私を誘って千日前の歌舞伎座へ新派、新国劇、中座へとお芝居に誘ってくれた。純歌舞伎は理解できないと察したものだと思う。普段は着物にこだわらない人だが芝居見物のときには粋な着物をうまく着こなし帰りには戎橋筋にあるお寿司屋に立ち寄り、蒸し寿司と茶碗蒸しをご馳走になるのが習わしだった。

長女で初孫の私には、とくに愛情をかけてくれ、こよなく可愛がってくれた。都合がつくと急にお誘いが掛かるのだが当時はいつでも切符があり席がとれた。非日常の美しい舞台に見惚れて夢み心地で、おばあちゃんと並んで歩く先には七色のネオンがきらめき幸せなひと時を過ごした。

おじいちゃんには子供がなかったので孫の私達のために戦後には大変身をし猛烈に働きだし店まで持って呉服の商いに精をだした。そうして焼け跡に立派な日本家屋をいち早く建て、私たちの住居も近くに建ててくれた。恵美須町界隈では一番早かったと話していた。お茶屋遊びに明け暮れていた人とは思えない変わりようで、おばあちゃんは小さな声で、

「戦争に負けたお陰で心を入れかえはったんや」

と呟いていた。幼い頃寒いときにはマントの袖の中に入り円タクに乗せもらったことなどが懐かしい。その後も私たち五人の孫と叔父の三人の孫のために働いてくれ他人には自慢げに、

「八人も孫がいるんや」

と笑っていた。祖母は、世話好きで親戚の児を預かり二人ほど育てていたが、そのうちの一人を祖父の養子にし、最後まで別姓であったが、このことは亡くなるまで私は知らなかったほど仲睦ましく暮らしていた。

晩酌には菊正宗の特級酒を飲み、魚は明石の鯛や、たこを好んで美味しそうに食べていたが、祖母はいそいそと新鮮な肴を調理しているのをよく見かけたことがあった。戦前、戦後を通じても、衣食住の贅沢さは変わらずにとおしていたが皆はそれだけは黙認していた。口

癖のように和子の三がの荷は、おじいちゃんが用意すると言っていたように嫁入り道具を揃えてくれた。飲む、打つ、買うには縁のなさそうな真面目そうな青年だと、言って安心したと喜んでくれた。

晩年は、おじいちゃんの養子に嫁をとり自宅を改造し、蔵を造ってその叔父と質屋を営み後には任せていた。

おじいちゃんには、ひ孫の顔を見せることもなく風邪をひいて座敷に寝ていたが十日ほどで静かに旅立っていった。

おばあちゃんは長女が生まれて間もない頃、肺炎で入院し私がひ孫を見せると、

「かいらしいややこやなぁ。小さい児は、よう病気するからええ医者を選びや。お金を惜しんだらあかんよ。ここの医者はみな藪医者ばっかりや」

と大きな声で憎まれ口をたたいて回りをハラハラさせ数日のちに亡くなった。私には少し微笑んでいるように見え、おばあちゃんらしいなぁと、手を合わせたことを覚えている。

二人はとうとう入籍しないままだったが、祖父を看取り後を追うように祖母が逝く理想の夫婦像であった。

私には幼い頃、火鉢に向き合い、おばあちゃんが口ずさむ浄瑠璃や清元を聴きながらキセ

ルにタバコの葉をつめていたのが深く刻まれている。愛すべき祖父母に感謝し、あの世でもおもしろい夫婦を演じて欲しいと祈っている。

窓ごしに

こんなにじっくりと空を見つめた事が過去にあったかと思う。

「お早ようございます」

看護師さんの声と共に窓のカーテンが開けられ、部屋は明るくなる。手術日が決った頃は猛暑続きで、はたして秋の訪れはあるのだろうかと思っていたが、彼岸に手術を受け、今ベッドから見る空はやはり秋の空であった。

この八階の南に面した窓から見る光景が唯一私の慰めになった。

朝日に映える山やま、その稜線、あれは金剛山かしら葛城山か、二上山かな、など勝手に思い巡らせている。又刻々と変る雲の流れ、とりわけ鰯雲などを見ていると、術後の痛みも和らぎ忘れることができた。

自然の営みは季節の移り変りを忘れずに告げ、私もこんな自然に逆らうことなく身を任せようと。今回の手術は三度目の手術なので、正直なところ駄目かもと思い弱音を吐いたこともあったが、薄紙を剥がすように徐々に痛みもとれ、やがてリハビリに向け歩くことを勧められた。

この歩行訓練の際に眼についたのが、「八尾市政だより」十月号であった。早速電話をしたところ先方のお声の優しさと真心に決心した。

少しでも回復したら是非にと思っていたので勇気を出して出掛けてきたところ、皆さんの温かい励ましとご厚意に甘えさせて頂くことになった。

余命いくばくか知るよしもない身ですが、生ある限り皆さんの支えを頼りに心の窓を開放し、前向きにゆっくり歩んで行こうと思っています。新しい出会いを大切に。

平成二十三年一月

平成二十四年歳末に思ったこと

師走に入ると何かと騒がしく落ち着きがなくなってくるのが普通だが、昨年暮れの私は不思議な程安らかで静かな気持ちで過ごすことができた。

思えば、小さな居酒屋を営んでいた頃は、十二月ともなると自然に元気が湧き出て、働くのが苦にならず、むしろ楽しかった。お店は、夕方五時から午前一時頃まで営業していた。私は一足早くに上がるが旦那は、後の掃除、朝早くに仕入れ、仕込みに追われる日々であった。当然私は家事全般を受け持ち、それでも昼間は上手く時間をやり繰りして趣味の教室に通っていた。

年内に仕上げる作品にも挑戦したものだ。その上髪振り乱してお客さんに接することもならず、師走に入ると身だしなみも大切な最低条件の一つであった。背中を押されるような毎日であったが、走ることも耐えることもできた。

夫婦二人三脚で三十数年営んできた店も私の病を機にたたむことにした。それから二年三ヶ月経ち生活様式はすっかり変化した。一度目の年末は、家族が協力して整えてくれた。二度目は体調を考慮しながら、我が家の味で黒豆、お煮しめも用意することができてほっとした。

近年は年賀状だけのお付き合いの方には「歳を重ねましたので今年をもってお開きにさせていただきます」と書くことが多くなってきたが、今になって考えると、何十年も前の顔を思い浮かべながら書くことの大切さをしみじみ感じてもいる。このように我が儘が芽生え自己中心的な考えに傾いていくのがわかりちょっとひとり反省もしてみたり。

そうして迎えた三度目の十二月。少し体の異常を感じて押し詰まってから検査を受けたところ、写真で見る限りは異常なしとでた。主治医に「余り拘らず良いお年を迎えて下さい」と、言ってもらった。

退院の際には、細胞検査では薬物療法を勧められたが、独自の判断で念願だった文章クラブにも入会させていただいた。戦争体験を軸に自分史を残したいと。未熟な私を先生、先輩の暖かい励ましで楽しく勉強することに生き甲斐を感じている。これが私にとっての特効薬ではないだろうか？

目標を目指す覚悟と、開き直りの境地が、平穏な年の瀬を迎えることができたのだと。家族や周りのものに散々心配と迷惑を掛けたので今後は、身辺をきれいにして一つ一つ丁寧に精をだそう。

平成二十四年十二月

東尋坊にて（平成 25 年 11 月 12 日）

眼科検診

三月七日と二十六日に、上本町の日赤病院にいく。二度目は朝から雨が降り足元も悪く気分も重い鬱陶しい日だった。

理由は昨年来急激に視力低下を覚え、かかりつけの医師に相談したところ、四、五年前に診察して頂いた先生に紹介を書いて予約をとってもらえた。眼科医として最新の治療のできる病院だとのことらしいが、果たして私にも治療の方法はあるのかと、ささやかな望みを抱いていた。以前の検診の結果はこのまま様子を診ましょうとのことで、特に治療らしいこともしなかったが、黄はん変性症の疑いだとのことであった。あれから月日が経っているので日進月歩の医学のこと、もしや何か治療ができるかと希望をつないだ。

一度目の検査は、いつも八尾の医院で受けている検査と変わらず慣れていたが、二度目は蛍光眼底撮影検査といって、予約時間の十五分前に受付に来ることと書いてあるので逆算し余裕たっぷりで出掛けたものの、杖と傘の世話になりながら駅までトボトボと歩いた。長年重宝した車を、主人の齢のことを考え先月廃車したばかりなので、雨の日には困るなぁと一人つぶやきながら歩く。主人もついて来たが、ホームに着くと電車は発車したばかり。バス停に着くと乗り遅れるはで充分時間はあった筈なのに少し遅れてしまった。二人とも慌てずに歩こうをモットーにしていたので乗り物のアクセスが悪く、大分待ってから散瞳剤の点眼をうけ待つこと三、四十分やっと検査室に入った。

暗い検査室に入ると先ず点滴をされ血圧を測定する。血圧は、普段より高いがバランスはよいとか、若い先生が優しく応対してくれ検査台に、

「ここを見て瞬きしないでじっとして」などと先ずテストされた。

レンズを覗くと、まるで子供の時によく見た万華鏡のようにクルクルとブルーの空に無数の星がきらめいて美しい宇宙空間のようであったが、そのあとは苦痛が待ち受けていた。両眼を交互に撮影したが私は途中で暫くの休憩を求めた。先生は「疲れたでしょう。そうしましょう」

と快く言ってくれて一息ついたところで再開したが中々焦点が合わず困難をきわめた。三十分近く経ってやっと解放されたが疲れがどっときた。待合の椅子で横になり、目を閉じて暫く休む。やがて診察室に入るが、高血圧が増すような思いであった。先生は眼球の模型を

示されて眼の仕組みを説明してくださって、結果は視力の低下は進んでいるが失明には至ることはないと言われた。

「全盲になりませんか」

と質問したところ、

「ここでは全盲という言葉に気をつけてください」

と注意された。私は自分のことだけに捉われ、眼科に来ていることを忘れ気がつかなかった。私には耳がある、よく喋る声がある、少し眼が見えなくとも残りの器官を活用して生きていこう。ちなみに病名は、両眼近視性網脈絡膜萎縮症からくる黄斑変性症で現在治療は不可能だとのことであった。

特に心配していた失明の危機を免れるとの診断をいただいたので、気分も軽くなり、まだ止まぬ雨のなか、お花見の季節も近いなぁと気持ちも弾んだ。

平成二十六年三月末

布遊び

今年が最後になるかもしれないとの思いを胸に秘めて、南港のキルト展に出掛けた。アクセスが悪いので友達のご主人に送り迎えをお願いした。身体の不自由な仲間三人で皐月晴れの風をうけ胸を弾ませ会場に入る。途端に別世界が広がる。華やかな色彩と一針一針、心をこめたキルトにため息と共に思わず立ちどまる。

私がキルトに出会ったのは二十数年前、術後外出を控えていた私に何か趣味をと娘がデパートでキットを買って来てくれたのが最初で、たまたま近くに教室をみつけ入門した。

今やキルト愛好家は二百万人から三百万人ともいわれて年々増加の傾向にあるらしい。

十七世紀頃ヨーロッパからアメリカに移住した女性達が古着をといて同じ大きさに切り揃えてピーシングをしたのが広まっていったとか。

何年か前にアンティークの作品を観たことがあった。トップの布はボロボロであるが当時の女性の労苦が偲ばれ、生活様式に思いを馳せた。アメリカ旅行で探しだし持ち帰ったものと伺った。百数十年経っても手のぬくもりが伝わってくるのがキルトの良さなのかもしれず、あまり器用でもない私がハマってしまった理由なのかもしれない。

この催しには毎年出品させていただいているが、加齢の上に視力も落ちソロソロ引き際かなぁとも思う。ベッドカバーも手提げかばんも数え切れないほど作ったが、今では百均などでポーチや鞄が並んでいる。だが色合わせをし布を選んでいる時の幸福感は例えようのない至福の時間でもある。だが時々思う。もっと安くて垢抜けした品物が溢れている世の中で、針をコツコツ進めているのに意義があるのかなぁと自問自答の日々でもある。

布の組み合わせとキルトの技術に私達は、異口同音に「あんなに綺麗にできないわ」といい合って穴のあくほど見つめた。

美しいキルトとアップリケの花々、また星空をイメージした作品など、なんど足をはこんでも見あきない。

近年は小作品しか作れず大作は無理だと諦めている。今は続けるべきか止めようかと悩んでいる毎日だ。

平成二十六年五月三十日

味覚と嗜好品

秋は読書、音楽、観光に食欲などの関連する報道が多く、また個人の趣味に応じて違いはあろうかと思うが、特に私は食欲の秋には縁がない。食欲はあるのだが私にとっては最大の難関で、どんなご馳走を並べられても少量しか受け付けない。幸いなことに味覚だけは確かに残っていると思う。幼い頃から胃腸が弱くよく寝込んでいた私の枕元には、湯気のたったお粥と、柔らかく煮たゆりねの卵とじや、豆腐の煮物などが添えられてあり、美味しく感じ平らげた後には、二、三日で快方に向かったものだった。

その時の味覚は舌に残っていて今もゆり根が出回る時季には必ず煮ている。先日検査結果を聞きに主治医に会ったところ、

「異常なしですから好きな物を食べたい時に沢山食べて気楽に過ごしてください」

と言われたが、診察室を出ても気楽に日々を送れる身分でもなく、食に関してはそれが一番の難行苦行なのだ、とひとり呟いてみたが、振り返ると四年の歳月を再発もせずここまで

維持できて、八十二歳を迎えられたことは感謝すべきことで、有難いアドバイスでもある。秋の味覚は数多く感覚として舌に残っているので新鮮な食材で調理をしていざ食べようと器に並べると、ほんの一口で満腹になってしまう。盛りつけられた料理を眺めて溜息をつくばかりであるが、ただ最近は嗜好品の変化に気がつくようになった。

若いときに好物だったものが口に合わなくなったり、逆に余り好んで食べなかったものを美味しく感じたりする。これも加齢のせいか、それとも体調の変化からきているのか。何れにしても油ものは受け付けない。皮膚がカサカサに乾燥して、やがて梅干ばあさんになることと請けあいと覚悟はしているが、誕生日に京都の有名店のマツタケの土瓶蒸しとちらし寿司のプレゼントが届いた。食べられなくても楽しんでくれとの心づかいだと大いに感謝しつつ、彩り豊かな寿司をめでながら、二口ほど味わいながらゆっくり食した。

さんまの焼ける匂いに食欲をそそられ、脂ののった内臓もすべて残さず平らげていたが、今は、しっぽのほうを少しだけ口に入れておしまい。

これからはマツタケご飯、くりご飯、ムカゴご飯など、蓋をあけると同時に豊かな香が好きで食べられる筈のないのに沢山作っては友達に配る。料理をしているのは楽しい。たとえ食べられなくても、自分の好みに合う調理ができれば有頂天になる。博物館に行ったり国宝も観たい、紅葉見物もしたいが外出は無理。大好きな読書は視力低下で進まずもどかしい限りの日々だが、やれることだけに挑もうと思い直すことにした。今のところ介護にも頼らず、夫婦で過ごすことが当然だと思っているが、回りには独居老人が多いのに改めて驚かされる。自分のおかれた環境が、どれ程幸せなことかと感慨一入だ。愚痴をこぼさず、ゆっくり歩もう。

生ある限りささやかでもいい楽しみを持って。

平成二十六年九月末

Ⅲ　資料

四平市区图
市政府
铁西区
铁东区
南湖公园
烈士陵园
城东

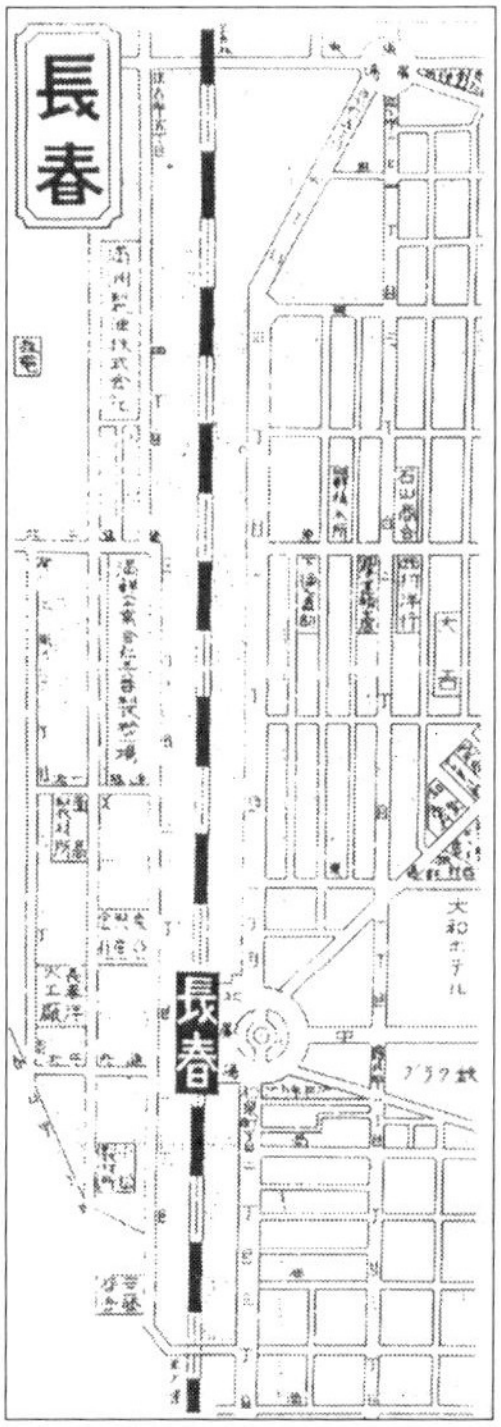
長春
長春

四平城郊图
四平市
山门镇
双庙子镇
老四平镇
辽
宁
省
京
哈
铁
路
四
梅
铁
路
西八大
仙马泉
巨丰
三台
五间房
塔子沟
老虎沟
哈福
塔山
合力
大洼子
天河泉
金山
前段家
东砬子
英城子
前英城子
新兴
靠山
靠山王家
龙王
东荒地
上二台
杨树屯
解放
古洞
卧龙屯
高家店
叶赫
满族
0 3 6 km

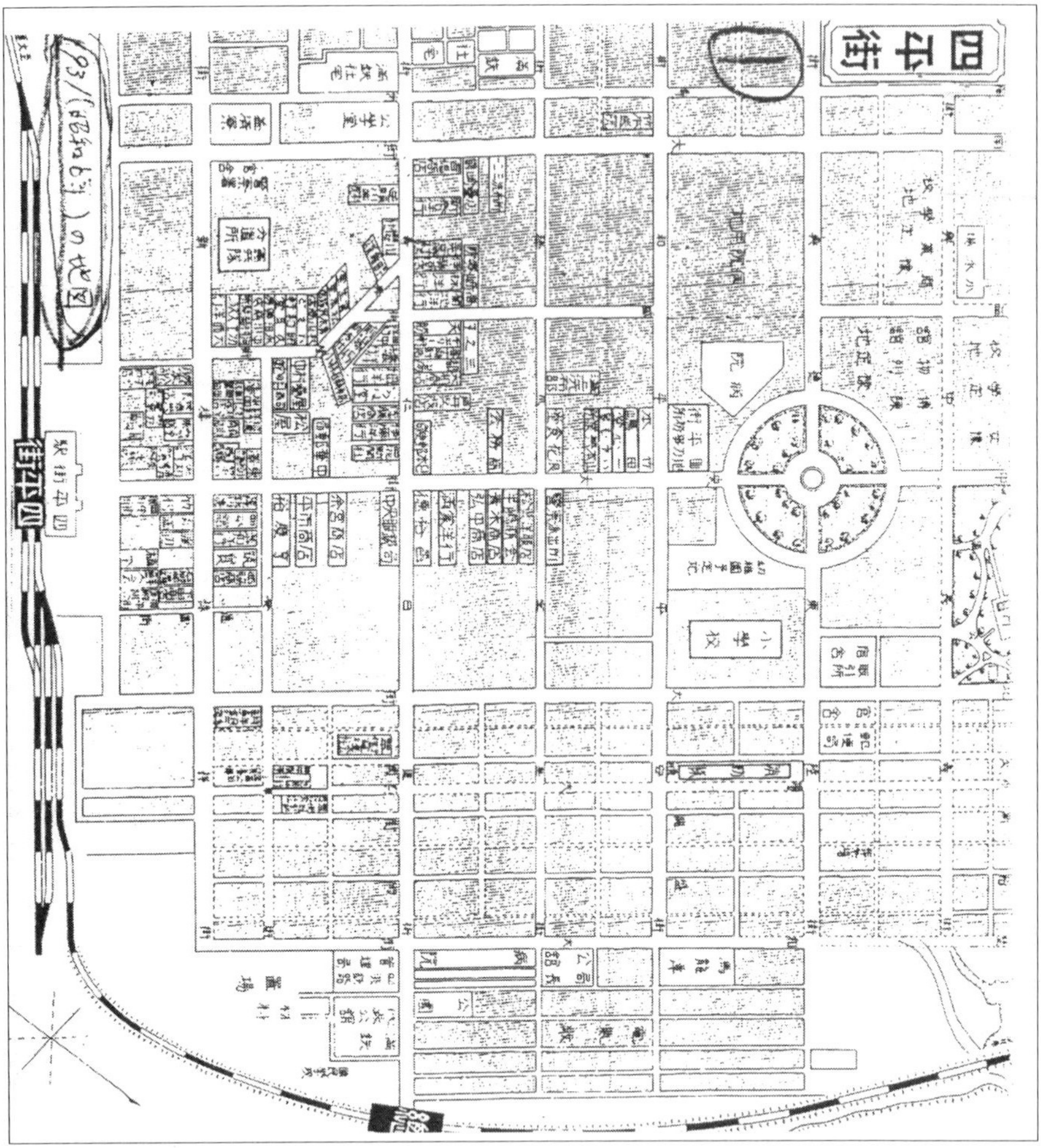

四平街
1931(昭和6年)の地図
四平街駅
小学校
病院

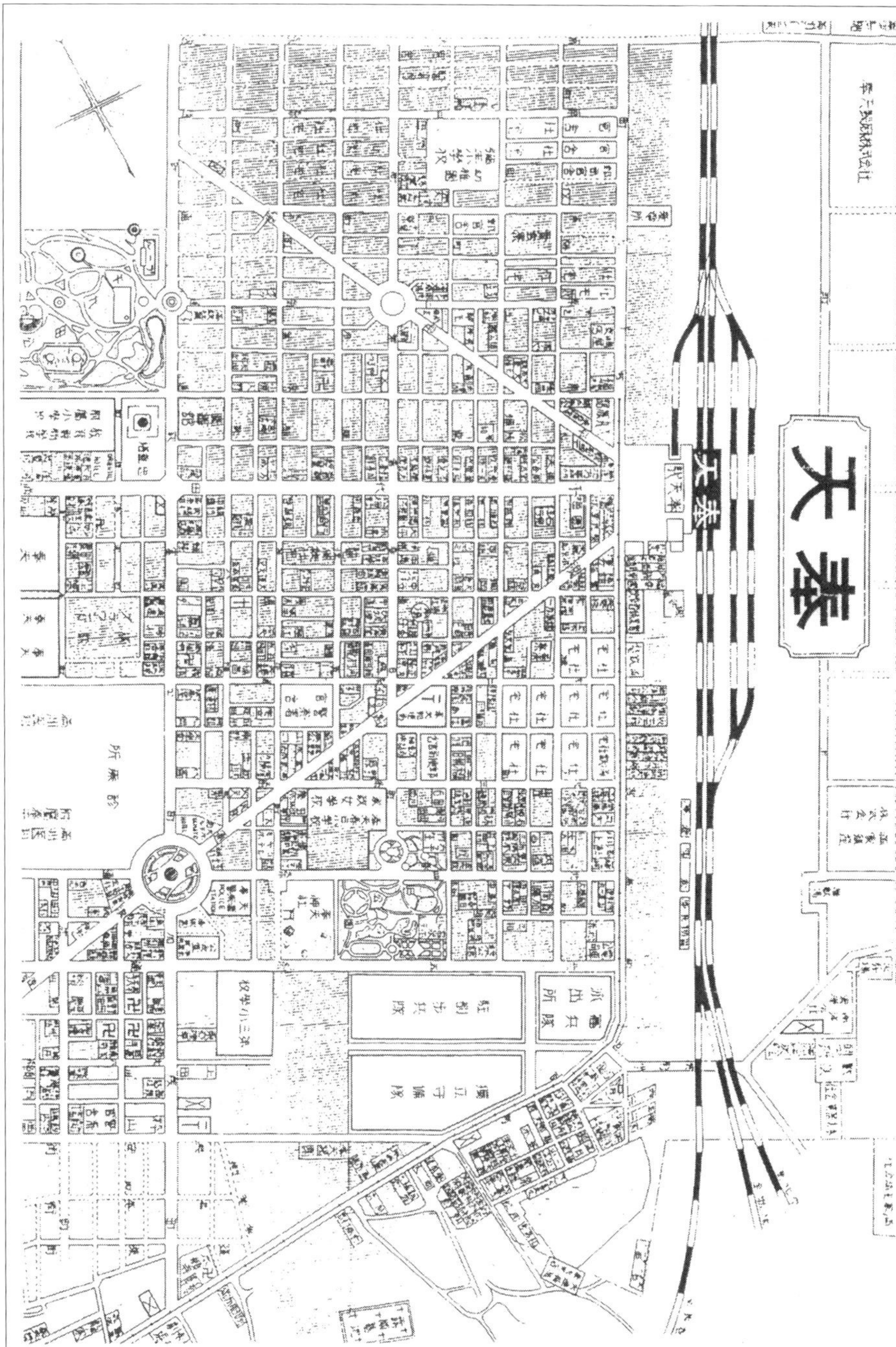

奉天

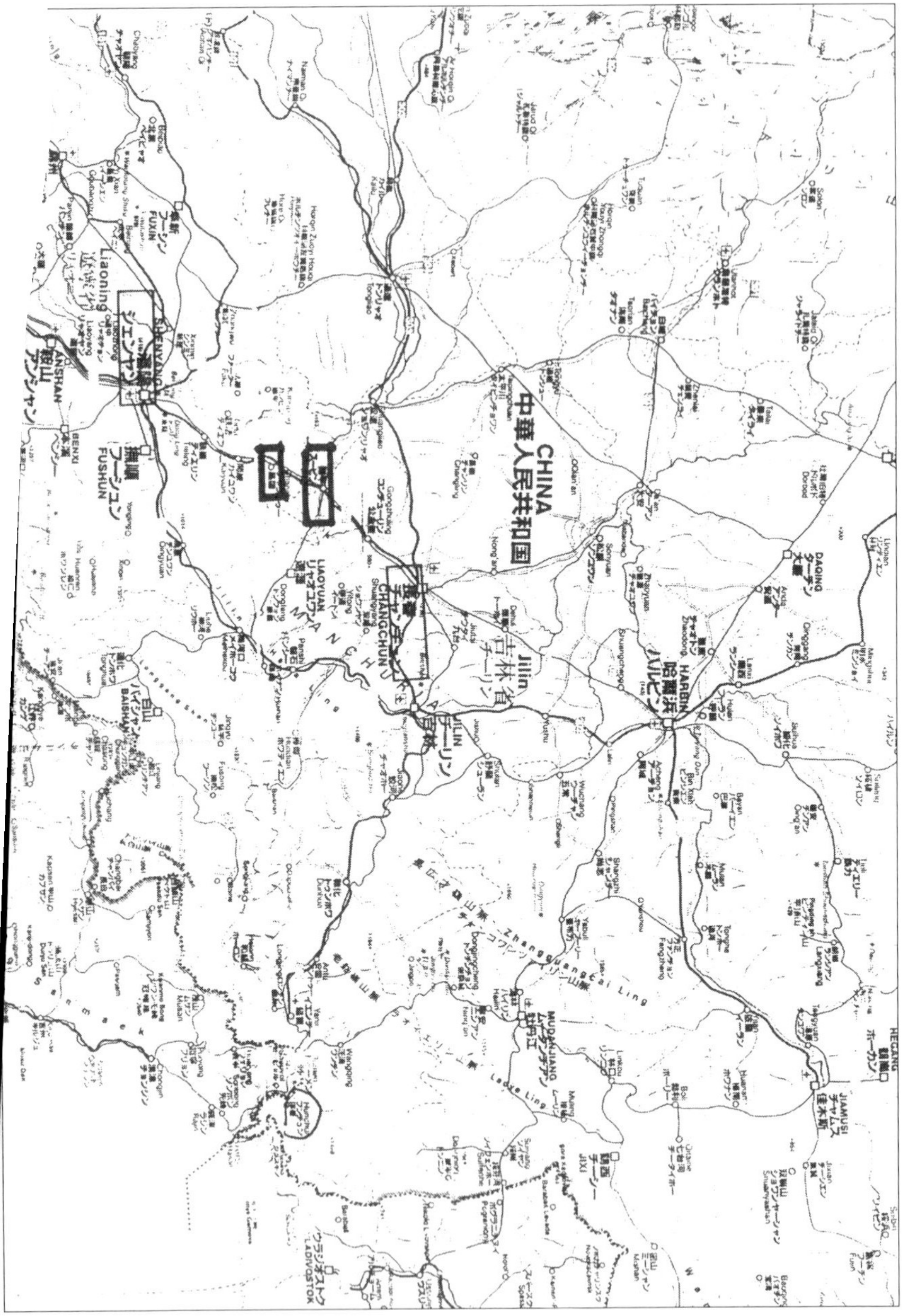
CHINA
中華人民共和国
HARBIN
CHANGCHUN
JILIN
SHENYANG
ANSHAN
FUSHUN
MUDANJIANG
JIAMUSI
HEGANG
DAQING
LIAOYUAN
BAISHAN
JIXI
VLADIVOSTOK
Liaoning
Jilin

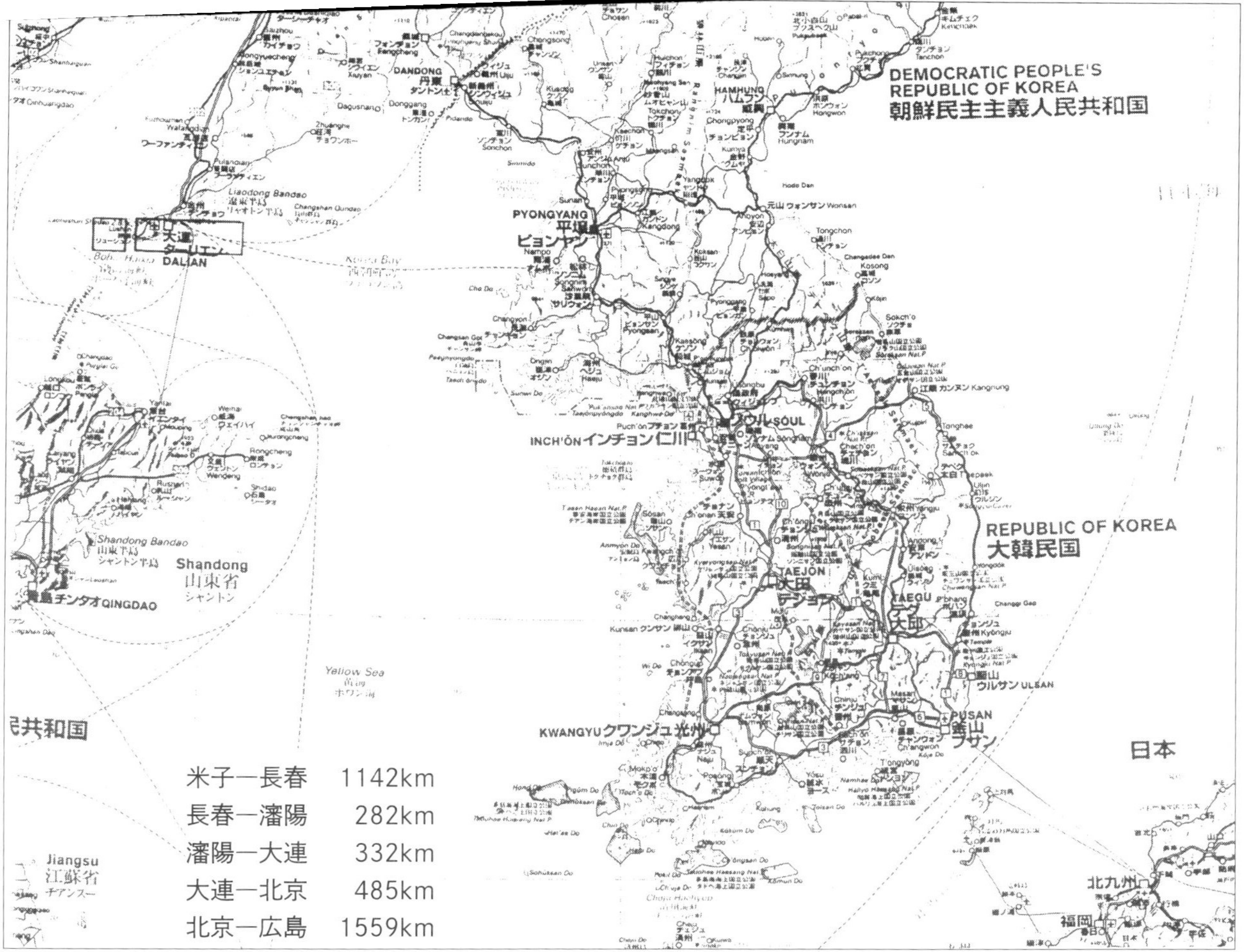
DEMOCRATIC PEOPLE'S
REPUBLIC OF KOREA
朝鮮民主主義人民共和国
REPUBLIC OF KOREA
大韓民国
日本
民共和国
DANDONG
丹東
PYONGYANG
平壌
ピョンヤン
DALIAN
大連
ターリエン
Liaodong Bandao
遼東半島
Shandong Bandao
山東半島
シャントン半島
Shandong
山東省
シャントン
チンタオ QINGDAO
Yellow Sea
INCH'ŎN インチョン 仁川
ソウル SŎUL
TAEJON
大田
TAEGU
大邱
KWANGYU クワンジュ 光州
PUSAN
釜山
プサン
ウルサン ULSAN
HAMHUNG
元山 ウォンサン Wonsan
江陵 カンヌン Kangnung
北九州
福岡
Jiangsu
江蘇省
チアンスー
米子—長春　1142km
長春—瀋陽　282km
瀋陽—大連　332km
大連—北京　485km
北京—広島　1559km

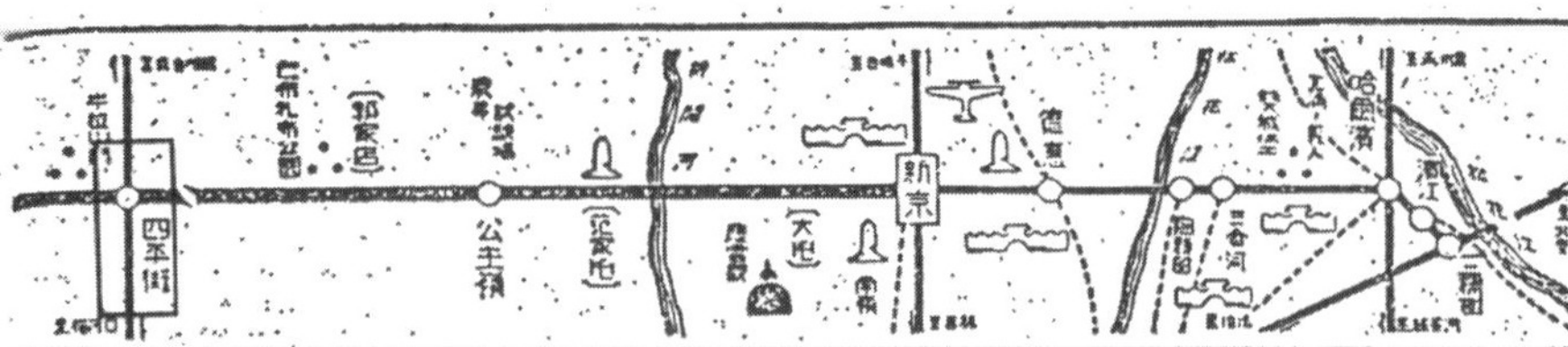

間　（滿鐵・連京線）

四平行	大連行	釜山行	北京行	四平行	大連行	大連行	奉天行						驛名
	✕ [23] 寝	✕ [123] 寝	✕ [123] 寝		✕ [123] 寝	✕ [23] 寝	[23] 寝						
[区間] 3932	[23] 20	[123] 8	[123] 401	[23] 86	[123] 16	[23] 22	[23] 40						
…	6.45	…	…	…	16.30	…	15.35	…	…	…	…	…	三棵樹
…	9.00	…	…	…	16.42	…	15.47	…	…	…	…	…	濱江
…	9.30	…	…	…	17.00	…	16.10	…	…	…	…	…	哈爾濱
…	11.25	…	…	…	18.17	…	17.45	…	…	…	…	…	雙城堡
…	14.56	…	…	…	21.05	…	21.52	…	…	…	…	…	德惠
…	16.51	…	…	…	22.30	…	23.45	…	…	…	…	…	新京
15.35	16.53	17.10	18.45	19.40	22.40	22.55	23.35	…	…	…	…	…	新京
15.47	17.03	[illegible]	[illegible]	19.50	[illegible]	23.05	0.07	…	…	…	…	…	南新京
15.58	17.28	[illegible]	↓	19.56	↓	23.13	0.14	…	…	…	…	…	孟家屯
16.09	17.41		↓	20.11	↓	23.30	0.34	…	…	…	…	…	大屯
16.27	17.52	↓	↓	20.24	↓	23.45	0.53	…	…	…	…	…	范家屯
16.43	18.07	↓	19.17	20.33	↓	0.01	1.11	…	…	…	…	…	陶家屯
17.01	18.21	↓	↓	20.55	↓	0.18	1.31	…	…	…	…	…	劉房子
17.17	18.34	18.06	19.46	21.08	23.36	0.33	1.49	…	…	…	…	…	公主嶺
17.20	18.37	18.07	19.47	21.12	23.37	0.37	1.54	…	…	…	…	…	〃
17.30	18.47	↓	↓	21.22	↓	0.48	2.06	…	…	…	…	…	大楡樹
17.43	18.59	↓	↓	21.34	↓	1.01	2.21	…	…	…	…	…	蔡家
18.02	19.15	↓	↓	21.50	↓	1.19	2.42	…	…	…	…	…	郭家店
18.19	19.27	↓	↓	22.04	↓	1.35	3.00	…	…	…	…	…	十家堡
18.56	↓	↓	↓	22.15	↓	1.40	3.15	…	…	…	…	…	[illegible]木林
19.04	19.43	18.54	20.34	22.23	0.24	1.58	3.25	…	…	…	…	…	四平街
…	19.52	18.58	30.38	…	0.28	2.04	3.35	…	…	…	…	…	〃
…	20.07	↓	↓	…	↓	2.23	3.55	…	…	…	…	…	虻牛哨
…	20.16	↓	↓	…	↓	2.34	4.07	…	…	…	…	…	雙廟子
…	20.27	↓	↓	…	↓	2.49	4.23	…	…	…	…	…	[illegible]子
…	20.40	↓	↓	…	↓	3.06	4.42	…	…	…	…	…	泉頭
…	20.49	↓	↓	…	↓	3.17	4.54	…	…	…	…	…	滿井
…	21.02	↓	↓	…	↓	3.31	5.10	…	…	…	…	…	昌圖
…	21.13	↓	↓	…	↓	3.45	5.24	…	…	…	…	…	馬仲河
…	21.23	↓	↓	…	↓	3.59	5.39	…	…	…	…	…	金溝子
…	21.34	20.08	21.49	…	1.40	4.11	5.52	…	…	…	…	…	開原
…	21.35	20.09	21.50	…	1.41	4.13	5.54	…	…	…	…	…	〃
…	21.49	↓	↓	…	↓	4.30	6.12	…	…	…	…	…	中固
…	22.00	↓	↓	…	↓	↓	↓	…	…	…	…	…	山頭堡
…	↓	↓	↓	…	↓	4.44	6.27	…	…	…	…	…	平頂堡
…	22.11	20.38	22.18	…	2.10	4.58	6.42	…	…	…	…	…	鐵嶺
…	22.26	20.42	22.22	…	2.14	5.05	7.03	…	…	…	…	…	〃
…	↓	↓	↓	…	↓	5.18	7.19	…	…	…	…	…	得勝台
…	↓	↓	↓	…	↓	5.32	7.33	…	…	…	…	…	亂石山
…	22.54	↓	↓	…	↓	5.42	7.45	…	…	…	…	…	新台子
…	↓	↓	↓	…	↓	5.58	8.03	…	…	…	…	…	新城子
…	↓	↓	↓	…	↓	↓	↓	…	…	…	…	…	馬三家
…	↓	↓	↓	…	↓	6.14	8.21	…	…	…	…	…	虎石台
…	↓	↓	↓	…	↓	6.25	8.34	…	…	…	…	…	文官屯
…	23.36	21.33	23.29	…	3.12	6.40	8.51	…	…	…	…	…	奉天
…	23.55	21.48	23.45	…	3.22	6.55	…	…	…	…	…	…	奉天
…	0.15	22.07	北京着 16.35	…	3.32	7.15	…	…	…	…	…	…	蘇家屯
…	1.45	釜山着 22.15		…	4.44	8.53	…	…	…	…	…	…	鞍山
…	2.05			…	↓	9.15	…	…	…	…	…	…	湯崗子
…	3.08		…	…	5.47	10.21	…	…	…	…	…	…	大石橋
…	4.21	…	…	…	6.42	11.56	…	…	…	…	…	…	熊岳城
…	8.25	…	…	…	9.43	16.18	…	…	…	…	…	…	大連

食堂車案内　第2.8.14.16.802列車は和洋食

【奉　天】

（九月一日より當分の間運行休止）

●觀察径路

第一径路　1日コース

驛―忠靈塔―國立博物館―同善堂―北陵―北塔―[illegible]―北大營―城内―奉天神社―[illegible]西―三軒家―大越中佐自刃の地―[illegible]屯―驛（所要5時間）

第二径路　半日コース

驛―忠靈塔―同善堂―北陵―北塔―[illegible]―北大營―城内―奉天神社―驛

●乘物　自動車（4人乘り）最初の1800米迄40錢、以上500米を増す毎に10錢増。待ち料金3分毎に10錢。

定期觀光バスは毎日驛前發第1径路13時發、所要時間5時間、第2径路9時10時及び13時14時より3時間、料金第1径路1名2圓50錢、小學生以下半額、第2径路1名1圓50錢、小學生以下1名75錢、女子案内人附、この外觀光バス貸切料金は（大型23人乘、小型18人乘）

所要3時間 { 大型 19圓 / 小型 16圓50錢

所要4時間 { 大型 24圓 / 小型 20圓50錢

所要5時間 { 大型 28圓 / 小型 24圓

所要6時間 { 大型 31圓50錢 / 小型 27圓

但し順路は會社所定のもの馬車は15町以内は片道15錢で、人力車は10町以内片道5錢である。

【撫　順】

◎觀察径路　驛―炭礦事務所―古城址―露天掘（氏名記帳を要す）―大山坑（氏名記帳を要す）―撫順神社―岩ヶ丘―表忠塔―驛

◎乘物　上記觀察の場合自動車（4人乘）5圓50錢（約2時間半）・觀光バス大人1圓50錢小人75錢（約2時間半）驛前發11時14時1日2回運行日曜日9時、11時、14時運行（11月上旬より2月迄運休）電車特等46錢並等26錢（約4時間）電車團體券20人以上（終日有効）特等小學生10錢學生30錢普通36錢並等小學生5錢學生10錢普通21錢、電車貸切特等15圓並等12圓。

満洲 連京線（新京—奉天間）

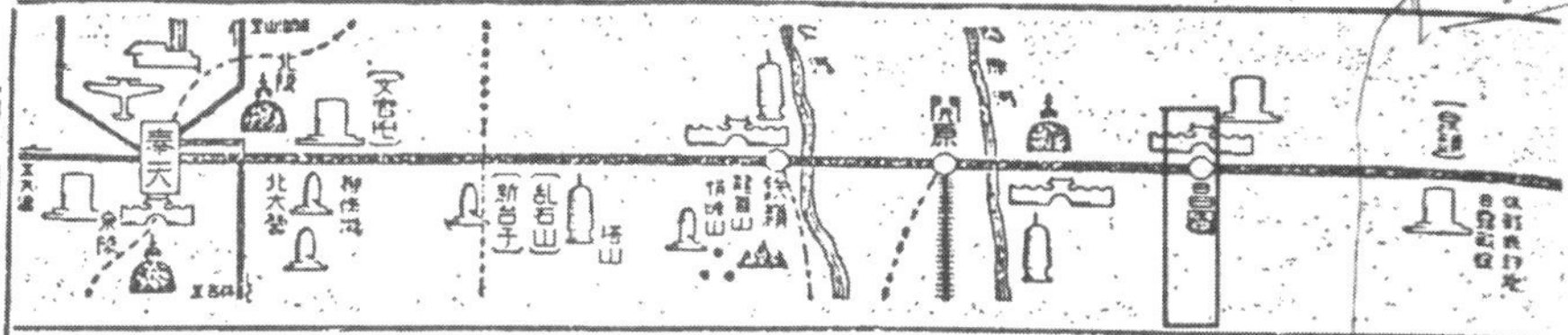

昭和16.11.20改正

新　京・奉　天

1等	2等	3等	駅名	着発	大連行	奉天行	奉天行	雙廟子行	鉄嶺行	四平行	奉天行	釜山行	奉天行	大連行	営口行		大連行	大連行
			列車番号		18	152	602	154	148	156	38	2	108	14	30		12	24
円分	円分	円分	三棵樹（43頁）	発	21.30	…	…	…	…	…	…	…	…	…	…	…	…	…
10.45	0.30	0.15	濱江	〃	21.42	…	…	…	…	…	…	…	…	…	…	…	…	…
10.55	0.40	0.20	哈爾濱	〃	22.02	…	…	…	…	…	…	…	…	…	…	…	…	…
3.60	2.40	1.30	双城堡	〃	23.10	…	…	…	…	…	…	…	…	…	…	…	…	…
0.30	6.85	3.60	陶頼昭	〃	1.55	…	…	…	…	…	…	…	…	…	…	…	…	…
5.10	10.05	5.30	新京	着	3.18	…	…	…	…	…	…	…	…	…	…	…	…	…
円分	円分	円分	新京	発	3.30	…	…	…	…	…	6.35	7.40	8.50	9.30	10.30	…	14.10	14.39
0.30	0.20	0.15	南新京	〃	L	…	…	…	…	…	6.46	L	9.00	9.37	10.40	…		14.40
0.55	0.40	0.20	孟家屯	〃		…	…	…	…	…	6.53		9.09		10.46	…		14.46
1.20	0.80	0.45	大屯	〃	L	…	…	…	…	…	7.09		9.20		11.02	…		15.04
1.90	1.25	0.70	范家屯	〃	L	…	…	…	…	…	7.23		9.33		11.15	…		15.17
2.50	1.65	0.90	陶家屯	〃	L	…	…	…	…	…	7.38		9.47		11.29	…	L	15.32
3.15	2.10	1.10	劉房子	〃	L	…	…	…	…	…	7.54	L	10.18	L	11.45	…	L	15.48
3.75	2.50	1.35	公主嶺	着	4.26	…	…	…	…	…	8.09	8.35	10.31	10.22	11.58	…	L	16.01
				発	4.27	…	…	…	…	7.30	8.13	8.36	10.32	10.22	12.01	…	L	16.04
4.20	2.80	1.50	大楡樹	〃	L	…	…	…	…	7.41	8.24	L	10.43	L	L	…	L	16.14
4.75	3.20	1.70	蔡家	〃	L	…	…	…	…	7.54	8.55	L	10.55	L	12.22	…	L	16.26
5.40	3.60	1.90	郭家店	〃	L	…		…	…	8.13	9.12	L	11.14	L	12.37	…	L	16.42
6.00	4.00	2.10	十家堡	〃	L	…	北安発 13.35	…	…	8.30	9.27	L	11.27	L	12.51	…	L	16.56
6.55	4.40	2.30	楊木林	〃	L	…		…	…	8.43	9.39	L	11.39	L	13.03	…	L	17.08
7.00	4.65	2.45	四平	着	5.14	…	6.00	…	…	8.51	9.50	9.22	11.47	11.07	13.12	…	15.31	17.16
				発	5.18	…	6.20	7.00	…	…	9.55	9.26	12.15	11.09	13.17	…	15.35	17.22
7.75	5.20	2.75	虻牛哨	〃	L	…	6.37	7.18	…	…	10.12	L	12.31	L	13.34	…	L	17.33
8.10	5.40	2.85	[illegible]勾子	〃	L	…	6.47	7.29	…	…	10.23	L	12.41	L	13.44	…	L	17.45
8.65	5.80	3.05	雙廟子	〃	L	…	7.00	7.42	…	…	10.37	L	12.53	L	13.57	…	L	18.02
9.30	6.20	3.30	泉頭	〃	L	…	7.15		…	…	10.53	L	13.07	L	14.12	…	L	18.11
9.75	6.50	3.45	満井	〃	L	…	7.25	…	…	…	11.03	L	13.16	L	14.22	…	L	18.27
10.15	6.80	3.55	昌図	〃	L	…	7.37	…	…	…	11.16	L	13.28	L	14.34	…	L	18.39
10.75	7.20	3.80	馬仲河	〃	L	…	7.49	…	…	…	11.29	L	13.39	L	14.46	…	L	18.51
11.40	7.60	4.00	金溝子	〃	L	…	8.01	…	…	…	11.42	L	13.51	L	14.58	…	L	19.03
12.00	8.00	4.20	開原	着	6.28	…	8.12	…	…	…	11.54	10.37	14.00	12.16	15.09	…	L	19.14
				発	6.29	…	8.14	…	…	…	11.56	10.38	14.02	12.17	15.10	…	L	19.16
12.75	8.50	4.50	中固	〃	L	…	8.30	…	7.28	…	12.12	L	14.17	L	15.26	…	L	19.32
13.15	8.80	4.60	山頭堡	〃	L	…	L	…	7.38	…	L	L	L	L	L	…	L	19.45
13.40	8.95	4.70	平頂堡	〃	L	…	8.43	…	7.45	…	12.24	L	14.26	L	15.39	…	L	L
14.05	9.40	4.95	鉄嶺	着	6.57	…	8.55	…	7.58	…	12.36	11.06	14.41	12.44	15.51	…	L	19.57
				発	7.01	8.00	9.01	…	…	…	12.54	11.08	14.47	12.48	15.56	…	L	20.03
14.60	9.75	5.15	[illegible]	〃	L	8.13	9.13	…	…	…	13.07	L	14.58	L	16.08	…	L	20.15
15.20	10.15	5.35	乱石山	〃	L	8.26	9.25	…	…	…	13.20	L	15.10	L	16.20	…	L	20.26
15.70	10.45	5.50	新台子	〃	L	8.37	9.35	…	…	…	13.31	L	15.20	L	16.30	…	L	20.35
16.40	10.95	5.75	新城子	〃	L	8.53	9.50	…	…	…	13.47	L	15.34	L	16.45	…	L	20.50
16.80	11.20	5.90	[illegible]三家	〃	L	9.04	L	…	…	…	L	L	15.43	L	L	…	L	21.04
17.10	11.40	6.00	虎石台	〃	L	9.12	10.05	…	…	…	14.03	L	15.50	L	17.00	…	L	L
17.55	11.70	6.15	文官屯	〃	L	9.23	10.16	…	…	…	14.14	L	16.00	L	17.11	…	L	21.15
18.30	12.20	6.45	奉天	着	8.00	9.40	10.30	…	…	…	14.29	12.03	16.14	13.41	17.25	…	17.39	21.23
18.30	12.20	6.45	奉天（18 19頁）	発	8.10	…	…	…	…	…	…	12.11	…	13.47	17.55	…	17.45	21.55
19.30	12.85	6.75	蘇家屯	着	8.27	…	…	…	…	…	…	12.28	…	14.03	18.15	…	L	22.15
23.70	15.80	8.30	鞍山	〃	9.34	…	…	…	…	…	…	釜山着 11.20	…	15.06	19.55	営口着 21.56	18.50	23.5
24.85	16.40	8.60	湯崗子	〃	9.50	…	…	…	…	…	…		…	15.21	20.17		L	0.1
27.75	18.50	9.75	大石橋	〃	10.40	…	…	…	…	…	…		…	16.08	21.26		19.37	1.2
31.45	21.00	11.05	熊岳城	〃	11.35	…	…	…	…	…	…	…	…	17.00			L	2.4
42.15	28.10	14.75	大連	着	14.32	…	…	…	…	…	…	…	…	15.40	…	…	22.35	7.00

（16）　記念スタンプ　新京、公主嶺、四平、開原、鉄嶺、奉天、ひかり

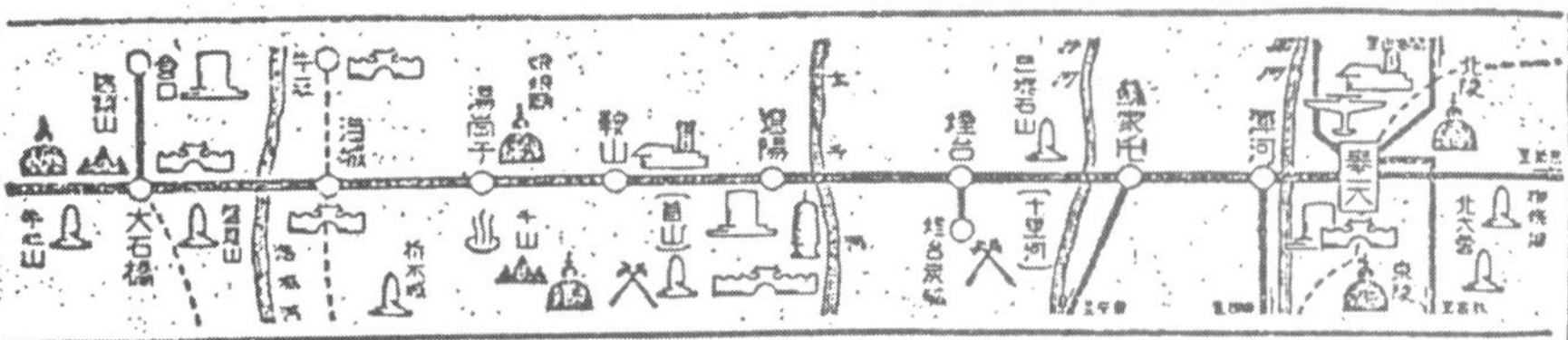

間　　（滿鐵・連京線）

驛名	新京行	北安行	鐵嶺行	新京行	三棵樹行	新京行	新京行						
	123	23		23	123	23							
列車番號	123 1	23 801	動3 151	23 21	123 17	23 33	23 3933						
大連	…	…	…	12.40	15.53	…	…	…	…	…	…	…	…
熊岳城	…	…	…	17.26	19.41	…	…	…	…	…	…	…	…
大石橋	釜山發18.50	…	…	18.56	20.38	…	…	…	…	…	…	…	…
湯崗子		…	…	20.13	21.29	…	…	…	…	…	…	…	…
鞍山		…	…	20.44	21.44	…	…	…	…	…	…	…	…
蘇家屯	17.15	…	…	22.26	22.54	…	…	…	…	…	…	…	…
奉天	17.37	…	…	22.47	23.14	…	…	…	…	…	…	…	…
奉天	17.45	19.15	21.30	23.00	23.23	23.55	…	…	…	…	…	…	…
文官屯	レ	19.32	21.49	23.18	レ	レ	…	…	…	…	…	…	…
虎石臺	レ	19.41	22.00	23.49	レ	レ	…	…	…	…	…	…	…
新臺子	[illegible]	レ	レ	レ	[illegible]	レ	…	…	…	…	…	…	…
新城子	[illegible]	19.54	22.15	0.02	レ	レ	…	…	…	…	…	…	…
亂石山	[illegible]	20.07	22.30	0.16	レ	0.37	…	…	…	…	…	…	…
[illegible]	レ	20.17	22.41	0.26	レ	レ	…	…	…	…	…	…	…
[illegible]	レ	20.29	22.53	0.38	レ	レ	…	…	…	…	…	…	…
鐵嶺	18.41	20.39	23.02	0.49	0.22	1.33	…	…	…	…	…	…	…
鐵嶺	18.44	20.46	…	0.56	0.27	1.40	…	…	…	…	…	…	…
平頂堡	レ	20.59	…	レ	レ	1.55	…	…	…	…	…	…	…
山[illegible]堡	レ	レ	…	レ	レ	レ	…	…	…	…	…	…	…
中固	レ	21.13	…	レ	レ	2.12	…	…	…	…	…	…	…
開原	19.14	21.27	…	1.34	0.56	2.30	…	…	…	…	…	…	…
開原	19.15	21.29	…	1.35	0.57	2.32	…	…	…	…	…	…	…
金溝子	レ	21.41	…	1.51	レ	2.48	…	…	…	…	…	…	…
馬仲河	レ	21.55	…	2.08	レ	3.05	…	…	…	…	…	…	…
昌圖	レ	22.12	…	2.29	レ	3.28	…	…	…	…	…	…	…
雙井子	レ	22.24	…	2.43	レ	3.42	…	…	…	…	…	…	…
泉頭	レ	22.34	…	2.54	レ	3.54	…	…	…	…	…	…	…
[illegible]	レ	22.49	…	3.12	レ	4.13	…	…	…	…	…	…	…
[illegible]	レ	23.02	…	3.27	レ	4.30	…	…	…	…	…	…	…
虻牛哨	レ	23.11	…	3.38	レ	4.42	…	…	…	…	…	…	…
四平	20.28	23.27	…	3.53	2.03	5.05	…	…	…	…	…	…	…
四平	20.32	23.50	…	4.07	2.14	5.15	10.03	…	…	…	…	…	…
楊木林	レ	北安著16.12	…	4.20	レ	5.28	10.22	…	…	…	…	…	…
十家堡	レ		…	4.36	レ	5.44	10.34	…	…	…	…	…	…
郭家店	レ		…	4.55	レ	6.04	10.47	…	…	…	…	…	…
蔡家	レ	…	…	5.17	レ	6.41	11.01	…	…	…	…	…	…
大楡樹	レ	…	…	5.30	レ	6.54	レ	…	…	…	…	…	…
公主嶺	21.19	…	…	5.44	3.02	7.08	11.18	…	…	…	…	…	…
公主嶺	21.20	…	…	5.58	3.03	7.13	11.21	…	…	…	…	…	…
劉房子	レ	…	…	6.16	レ	7.29	11.36	…	…	…	…	…	…
陶家屯	レ	…	…	6.33	レ	7.44	11.51	…	…	…	…	…	…
范家屯	レ	…	…	6.49	レ	7.58	12.04	…	…	…	…	…	…
大屯	レ	…	…	7.05	レ	8.12	12.18	…	…	…	…	…	…
孟家屯	レ	…	…	7.23	レ	8.27	12.32	…	…	…	…	…	…
南新京	レ	…	…	7.31	レ	8.34	12.40	…	…	…	…	…	…
新京	22.16	…	…	7.38	3.58	8.40	12.45	…	…	…	…	…	…
新京	…	…	4.06	…	…	…	…	…	…	…	…	…	…
德惠	…	…	5.28	…	…	…	…	…	…	…	…	…	…
雙城堡	…	…	7.55	…	…	…	…	…	…	…	…	…	…
哈爾濱	…	…	9.06	…	…	…	…	…	…	…	…	…	…
濱江	…	…	9.41	…	…	…	…	…	…	…	…	…	…
三棵樹	…	…	9.58	…	…	…	…	…	…	…	…	…	…

食堂車案内　第1.7.13.15.801列車は和洋食.

【大　連】

◎觀察徑路．山の茶屋—忠靈塔—大連神社—大廣場—埠頭—油房—碧山莊苦力收容所—貿易館—大佛—星ヶ浦—露天滿洲市場。

◎乘物—電車1回6錢、バス1回10錢、タクシー最初2粁迄40錢以上720米毎に10錢、馬車2—4人乘1圓（10町以内）14錢、半日1圓40錢1日2圓80錢、人力車は馬車の半額。

◎市内廻り自動車料金　普通市内廻り約4時間4人乘12圓沙河口、寺兒溝及星ヶ浦若は老虎灘の1箇所を含む場合約5時間4人乘15圓、全部を含む場合約5時間4人乘18圓。

◎定期觀光バスは15年9月1日よりガソリン統制により運休中であつたが代燃車就行6月1日より運轉を開始した。第1便8時30分2便13時30分所要4時間、料金2圓（小人半額）

【旅　順】

◎大連、旅順觀光バスはガソリン統制實施により運休戰跡バスは1日2回（1車30人乘）定期運行大連、旅順間定期バスより接續乘客が優先乘車出來る事になつて居り列車での旅客はバス乘車不能の事があります。（此の種旅客の乘物についてはビューローで斡旋致して居ます）「冬季を除く」

◎觀察徑路．白玉山—記念館—東鷄冠山北堡壘—二龍山堡壘—水師營—爾靈山—博物館

◎乘物—馬車上記徑路にて9時間2人乘3圓40錢4人乘4圓20錢、水師營を除けば7時間2人乘3圓10錢4人乘3圓80錢、自動車1時間2圓50錢戰跡巡拜バス25人乘5時間1名1圓50錢小人半額尚バスは毎日9時半、12時、14時半の3回乃木町より發車、バスの案内上記徑路にて1人に付普通團體2圓中等學生團1圓20錢小學生1圓見當、白玉山徒歩往復の場合普通團體1圓20錢中等學生團1圓小學生團90錢見當。

◎大連より往復戰蹟巡り自動車（4人乘）上記徑路にて約7時間、料金16圓見當。

特急あじあ

満洲 連京線（奉天―新京間）

読みにくい駅名　唐三家(トウサンカ)得勝臺(トクショウダイ)昌図(ショウト)
相勾子(カンコウシ)中固(チウコ)虻牛哨(ボウギュウショウ)

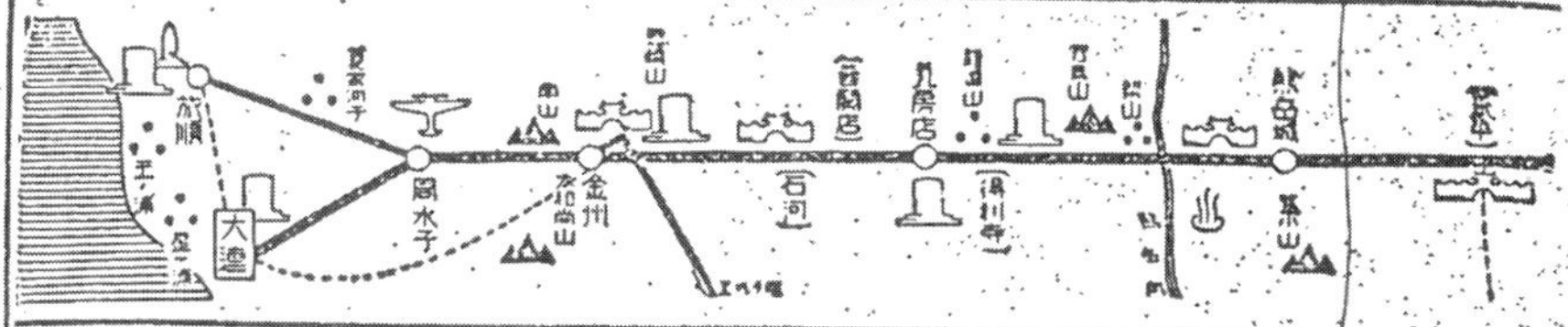

昭和16．1.20改正　　　　奉天・新京

駅名 \ 列車番号・行先	1等	2等	3等	公主嶺行 155	新京行 15	新京行 83	中固行 147	四平行 153	新京行 402	三棵樹行 19	新京行 23	新京行 7	新京行 29	新京行 107	新京行 11	新京行 13	新京行 37
自奉天 運賃	円銭	円銭	円銭														
(12・13頁) 大連 發				…	19.40	…	…	…	…	21.30	22.30	…	…	…	9.30	10.00	…
熊岳城 〃	10.75	7.20	3.80	…	22.55	…	…	…	…	2.17	3.24	…	…	…	レ	12.40	…
大石橋 〃	14.40	9.60	5.05	…	23.56	…	…	…	…	3.44	4.55	釜山發 8.00	7.15		12.25	13.34	…
湯崗子 〃	17.60	11.75	6.20	…	0.51	…	…	…	…	レ	6.18		8.37		レ	14.21	…
鞍山 〃	18.50	12.35	6.50	…	1.06	…	…	…	北京發	5.23	6.43		9.03	營口發	13.12	14.36	…
蘇家屯 〃	22.90	15.25	8.05	…	2.15	…	…	…		7.02	8.31	8.46	10.47		レ	15.40	…
奉天 着	23.85	15.90	8.35	…	2.35	…	…	…		7.25	8.52	9.10	11.13		14.17	15.56	…
	円分	円分	円分														
奉天 發				…	2.45	…	…	…	7.15	7.37	9.04	9.20	11.25	13.30	14.23	16.07	16.10
文官屯 〃	0.85	0.60	0.30	…	レ	…	…	…	レ	7.54	9.22	レ	11.43	13.47	レ	レ	16.27
虎石台 〃	1.30	0.85	0.45	…	レ	…	…	…	レ	8.03	9.44	レ	11.53	13.56	レ	レ	16.36
唐三家 〃	1.60	1.05	0.55	…	急行	…	…	…	急行	レ	レ	急行	レ	14.03	特急	急行	レ
新城子 〃	2.00	1.35	0.70	…	レ	…	…	…	レ	8.15	9.58	のぞみ	12.07	14.12	あじあ	ひかり	16.49
新台子 〃	2.70	1.80	0.95	…	レ	…	…	…	レ	8.29	10.12		12.21	14.25			17.02
乱石山 〃	3.20	2.15	1.15	…	レ	…	…	…	レ	8.39	10.22		12.31	14.35		レ	17.11
得勝台 〃	3.75	2.50	1.35	…	レ	…	…	…	レ	8.51	10.34	レ	12.43	14.47	レ	レ	17.24
鉄嶺 着	4.35	2.90	1.55	…	3.47	…	…	…	8.12	9.01	10.45	10.17	12.54	14.57	レ	16.56	17.34
鉄嶺 發				…	3.55	…	6.55	…	8.14	9.07	10.51	10.20	13.00	15.16	レ	17.00	17.40
平頂堡 〃	5.00	3.35	1.75	…	レ	…	7.09	…	レ	9.20	11.05	レ	13.14	15.29	レ	レ	17.53
山頭堡 〃	5.20	3.45	1.85	…	レ	…	レ	…	レ	レ	レ	レ	レ	15.35	レ	レ	17.59
中固 〃	5.60	3.75	2.00	…	レ	…	7.23	…	レ	9.34	11.19	レ	13.28	15.45	レ	レ	18.11
開原 着	6.30	4.20	2.25	…	4.25	…		…	8.43	9.48	11.34	10.49	13.43	15.59	レ	17.27	18.25
開原 發				…	4.26	…	…	…	8.44	9.49	11.35	10.50	13.44	16.01	レ	17.27	18.26
金溝子 〃	7.00	4.65	2.45	…	レ	…	…	…	レ	10.01	11.47	レ	13.57	16.13	レ	レ	18.33
馬仲河 〃	7.60	5.05	2.65	…	レ	…	…	…	レ	10.13	12.01	レ	14.12	16.27	レ	レ	18.52
昌図 〃	8.20	5.45	2.90	…	レ	…	…	…	レ	10.29	12.18	レ	14.30	16.41	レ	レ	19.08
満井 〃	8.65	5.80	3.05	…	レ	…	…	…	レ	レ	12.30	レ	14.42	16.52	レ	レ	19.19
泉頭 〃	9.10	6.05	3.20	…	レ	…	…	…	レ	10.46	12.40	レ	14.53	17.07	レ	レ	19.29
双廟子 〃	9.70	6.45	3.40	…	レ	…	…	8.05	レ	11.00	12.55	レ	15.09	17.14	レ	レ	19.43
相勾子 〃	10.30	6.85	3.60	…	レ	…	…	8.19	レ	11.13	13.08	レ	15.23	17.29	レ	レ	19.56
虻牛哨 〃	10.65	7.10	3.75	…	レ	…	…	8.29	レ	11.22	13.17	レ	15.33	17.38	レ	レ	20.05
四平 着	11.40	7.60	4.00	…	5.49	…	…	8.46	9.57	11.38	13.33	12.03	15.51	17.54	16.31	18.37	20.19
四平 發				4.50	5.54	7.50	…	…	10.01	11.44	13.45	12.07	16.00	18.00	16.35	18.33	20.45
楊木林 〃	11.80	7.85	4.15	5.02	レ	8.01	…	…	1	11.55	13.57	レ	16.12	18.09	レ	レ	20.56
十家堡 〃	12.30	8.20	4.35	5.15	レ	8.14	…	…	1	12.07	14.10	レ	16.26	18.20	レ	レ	21.09
郭家店 〃	13.00	8.65	4.55	5.34	レ	8.31	…	…	1	12.40	14.28	レ	17.01	18.34	レ	レ	21.33
蔡家 〃	13.65	9.10	4.80	5.52	レ	8.48	…	…	1	12.56	14.44	レ	17.08	18.48	レ	レ	21.38
大楡樹 〃	14.10	9.40	4.95	6.03	レ	8.58	…	…	レ	13.07	14.55	レ	レ	18.59	レ	レ	21.48
公主嶺 着	14.60	9.75	5.15	6.14	6.48	9.08	…	…	10.48	13.18	15.06	12.55	17.40	19.10	レ	19.23	21.52
公主嶺 發				…	6.49	9.11	…	…	10.49	13.21	15.09	12.56	17.43	19.11	レ	19.23	22.01
劉房子 〃	15.25	10.20	5.35	…	レ	9.29	…	…	レ	13.38	15.26	レ	18.01	19.40	レ	レ	22.17
陶家屯 〃	15.90	10.60	5.60	…	レ	9.46	…	…	レ	13.53	15.41	レ	18.17	19.52	レ	レ	22.32
范家屯 〃	16.50	11.00	5.80	…	レ	10.02	…	…	11.20	14.07	15.55	レ	18.32	20.05	レ	レ	22.46
大屯 〃	17.10	11.40	6.00	…	レ	10.18	…	…	レ	14.22	16.10	レ	18.48	20.21	レ	レ	23.00
孟家屯 〃	17.85	11.90	6.25	…	レ	10.36	…	…	レ	14.39	16.27	レ	19.05	20.36	レ	レ	23.15
南新京 〃	18.00	12.00	6.30	…	レ	10.43	…	…	レ	14.46	16.34	レ	19.13	20.43	レ	20.11	23.22
新京 着	18.30	12.20	5.45	…	7.50	10.49	…	…	11.50	14.52	16.40	13.50	19.20	20.48	17.55	20.15	23.29
(43頁) 新京 發	18.30	12.20	6.45	…	8.05	…	…	…	…	15.02	…	…	…	…	…	…	…
徳恵 着	23.10	15.40	8.10	…	9.45	…	…	…	…	16.52	…	…	…	…	…	…	…
双城堡 〃	29.80	19.85	10.45	…	12.27	…	…	…	…	20.11	…	…	…	…	…	…	…
哈爾浜 〃	32.85	21.90	11.50	…	13.34	…	…	…	…	21.34	…	…	…	…	…	…	…
濱江 〃	33.00	22.00	11.55	…	13.52	…	…	…	…	22.00	…	…	…	…	…	…	…
三棵樹 〃	33.40	22.25	11.70	…	14.10	…	…	…	…	22.12	…	…	…	…	…	…	…

（14）　記念スタンプ　奉天、鉄嶺、開原、四平、新京、公主嶺、ひかり、あじあ

※年代は不明ですが、満鉄の列車ダイヤです。

特急「あじあ」

出典：フリー百科事典『ウィキペディア（Wikipedia）』

あじあは、日本の資本・技術で経営されていた南満州鉄道が、１９３４年（昭和９年）から１９４３年（昭和18年）まで大連駅—哈爾濱（ハルビン）駅間の約９５０ｋｍを連京線・京浜線経由で運行していた特急列車である。超特急とも呼ばれた。

列車は流線形のパシナ形蒸気機関車と専用固定編成の豪華客車で構成される。そのほとんどすべてが日本の技術によって設計・製作されており、当時の日本の鉄道技術水準を示すものとして重要である。（→新幹線の歴史も参照）

満鉄のシンボルだった、特急「あじあ」

沿革

１９３２年（昭和７年）の満州国成立当時、黄海に突出した港湾都市大連と、首都新京との間は南満州鉄道連京線によって結ばれており、大連港を発着する日本への定期船と連絡していた。

「あじあ」は、この区間の速度向上のため、世界水準を目標に計画された列車である。１９３３年（昭和８年）から１９３４年（昭和９年）にかけて、比較的短期間で開発が進められた。「キング・オブ・ロコモティブ」として知られた設計責任者・吉野信太郎は、アメリカン・ロコモティブ社に2年半も留学。帰国後の１９２７年（昭和2年）に「パシコ」形を設計し、その後は満鉄機関車のほとんどを手がけた。

当時の満鉄理事には、軌間１４３５ｍｍの標準軌（当時の広軌）鉄道推進派の技術者島安次郎もいた。当時の日本国内の標準軌間は１０６７ｍｍの狭軌であるため、スピードアップには自ずと限界があった。「あじあ」は、満洲の地でその夢を実現させようと考え、開発したものともいえる。しかし島は、「あじあ」用の「パシナ」形に用いられた米国流の設計手法をまったく身に付けておらず、実際に参加したかどうかは疑わしい。後に、島は、戦前の新幹線計画である弾丸列車計画を推し進めることになるが、孫弟子にして子息である島秀雄が設計した高速蒸気機関車もまた米国流の設計手法ではなくドイツ流、それも１９２０年代の設計手法での設計に過ぎない。「パシナをちょっと良くすればいい」と述懐していたが、設計手法が異なるので意図が不明である。

１９３４年（昭和9年）11月1日から運転を開始した「あじあ」は最高速度１３０ｋｍ／ｈ、大連—新京間７０１ｋｍは所要8時間30分で表定速度は82・5ｋｍに達した。これは、当時日本の鉄道省で最速の特急列車だった「燕」（表定速度69・55ｋｍ／ｈ）を大きく凌ぎ、戦前の日本最速である阪和電気鉄道の超特急（表定速度81・6ｋｍ／ｈ）に匹敵する蒸気機関車牽引による高速運転である。ただし満鉄の軌道が標準軌の平坦線という好条件を考慮すると、速度的には当時の鉄道先進国における標準並でしかなかったことも事実である。例を上げると、当時アメリカ（南部）には最高速度１８０ｋｍ／ｈを超す蒸気機関車牽引列車が存在し、ヨーロッパではイギリスで１９３４年登場のＡ4型により２０３ｋｍ／ｈが記録され、営業列車が恒常的に１６０ｋｍ／ｈを超え、ドイツで気動車によって最高速度１５０ｋｍ／ｈを超す高速列車が運行されていた。

北京の中国鉄道博物館に展示されている展望車。「あじあ」で使用されたテンイ８形ではなく「大陸」用のテンイネ２形だが、同時代に同じ技術陣によって設計された姉妹車で、デザインや構造に共通点が多い。

新聞　昭和26年5月14日　(月曜日)　2版　(二)

胸に咲け「カーネーション」

きょう〝母を讃える日〟

迫害越え生への道

五人の遺児守り通す

〝引揚げの母〟

廣瀬鈴江さん

◇…大阪南区日本橋三丁目のわずか一坪たらずの小さな店先で紙クズとハケ、ブラシの製造に余念のない婦人、昭和二十一年五月満州から引揚げて来た広瀬鈴江さん(三七)のけなげな姿だ

当時満州官吏だった夫[illegible]氏は終戦後非業の死をとげ、鈴江さんは十五歳を頭に五人の遺児と満州をさすらう身となった、抑留、迫害[illegible]〝流れる星は生きている〟そのまま、ただ「子供をたのむ」の夫の最後の言葉を胸に[illegible]女の細腕一つで五人の遺児を守り[illegible]故国祖先の土を踏んだ、だが未亡人の帰りを待った彼女にふきつける内地の風は満州と変らぬはげしさ、ワンピース一枚で大阪の親類に母子六人がた寄り合って[illegible]、とかすれば挫けようとする生への道をふみしめふみしめ亡夫の友人日本橋[illegible]丁目[illegible]郎氏の好意にすがりてならいおぼえたブラシの製造をはじめたのだ、[illegible]働く母、満州のころに比べると[illegible]らいは何でもなく、この苦難な[illegible]を結びついに女手一つで[illegible]世界の[illegible]

いまでは長女知子さん(一七)は[illegible]女をおえて理容院に勤め、次女[illegible]子さん(一[illegible])は[illegible]学校三年、長男[illegible]君は[illegible]小学校六年、三女[illegible]子さん(一〇)二男[illegible](八)もそれぞれ小学校へ

〝八つ[illegible]〟は[illegible]母性の愛情でどんなにもすくすく育っている〟子供が一人立ち出来るまで私は働きつづけます、昨年は税金が卅五万円もかかりどうしようかと思いましたが、私は挫けません〟[illegible]

愛情の〝花二輪〟

母は強し、世の嵐いかに激しくともこれはきょう母の日に胸にかざるカーネーションそのまま、我が子への愛情一筋を生きぬく様として世相の荒野に気高く、美しく開いた母性愛の花二輪である(写真=紙クズさばきの労働をするつたえさん(上)と五人の子供を育てる鈴江さん)

知事の表彰状がこの母をたたえている

(大阪新聞)

年表

昭和7年9月13日（1932）	父・廣瀬米蔵と母・鈴江の長女として出生。のちに妹二人、弟二人が生まれた。	1月、上海事変。 3月、満州国建国宣言。
昭和12年4月（1937）	満洲官吏をしていた父の元で暮らすことになり、奉天への初渡満（しかし風土に馴染めずまもなく父を残して帰国）。	7月、支那事変（日中戦争）はじまる。
昭和18年4月（1943）	再渡満、四平省昌図県昌図村に住んだ。 昌図小学校（日本人学校）五年生に編入した。	その間、昭和16年12月、太平洋戦争勃発。 この頃は米軍サイパン島上陸、レイテ島上陸など、すでに敗色濃厚になりつつあった。
昭和20年4月（1945）	四平街の高等女学校に入学。 一時間あまりの列車通学となった。	
8月	応召されていた父、離脱して家族のもとにもどる。	8月、ヒロシマ、ナガサキに原爆投下、戦争は敗戦に終わる。 満洲はすぐソ連支配下に入る。
9月21日	満人暴徒の襲撃に父死亡。 以後、昌図駅前の警察官官舎で帰国までの日々を過ごすことになった。	

昭和21年6月（1946）	母と13歳の私を頭に四人の幼子は無事博多に引揚げ京都の親戚の家に身を寄せた。以後、母方の祖母の世話で大阪、阿倍野に移住。生活のため復学はあきらめ母と新聞売りを始めた。	
昭和24年3月（1949）	三ヶ月講習の美容師養成所に通い、美容師免許を修得。あべの筋の美容室につとめる。	
昭和26年5月（1951）	大阪新聞の社会面に「迫害越え生への道」「五人の遺児守り通す〝引揚げの母〟」の記事のる。	翌27年5月、GHQによる占領が終わり、日本は独立国にもどった。
昭和34年2月（1959）	横濱で小中敏一と結婚。	4月、皇太子（現在の天皇）結婚パレード。テレビ視聴者推定一五〇〇万人。
昭和35年4月（1960）	二人そろって大阪に帰り、小さい大衆食堂をはじめる。以後、何度か引っ越し商売を続ける。	
昭和39年2月（1964）	長女・淳代誕生。	10月、東京オリンピック開会。
昭和42年9月（1967）	長男・秀紀誕生。	

昭和44年3月（1969）　大阪府八尾市民となり、最後の定住地となった。
昭和55年8月（1980）　居酒屋「よってみて」を開いた。
平成元年4月（1989）　胃の手術を受け4分の3摘出。
平成2年6月（1990）　母・鈴江死去（85歳）。
平成8年11月（1996）　妹・昌子（昭和11年生まれ）死去。
平成17年7月（2005）　直腸ガン手術。
平成19年10月（2007）　弟・登（昭和19年生まれ）死去。
平成21年9月（2009）　喜寿と金婚式を祝う。
平成22年9月（2010）　胃ガンで全摘出。
平成23年1月（2011）　居酒屋「よってみて」を廃業する。
八尾文章クラブに入会。

戦争期を生身（なまみ）で語る最後の世代の一冊

倉橋健一

昭和七年生まれだから小中和子さんは今年八十二歳になる。四年前、夫婦で三十年も続けてきた居酒屋「よってみて」を閉じ、そのあとすぐ私たちの八尾文章クラブにやってきた。と、書けば、なんでもないことのようだが、八尾市を最後の定住地として居酒屋を開業したのが四十八歳。そのあと、胃の手術をして四分の三を摘出したり、胃ガンで全摘出したり、近年は両眼近視性網脈絡膜萎縮症からくる黄斑変性症で治癒不可能とあって、いわば満身創痍ぼろぼろとなっている。にもかかわらず、そこから気力を奮い立たせて、自分の全人生を振り返り、ここはぜひ書き残したいと思ったのだから、まずはこの気力に感服したい。

たまたま今年は戦後七十年目の節目の年にあたる。同時に今私たちが生きている現代社会は、歴史上かつて経験することなかった、平均年齢が八十代なかばを越す長寿社会になっている。このことは、もう七十年も昔のことになった、第二次大戦とりわけ末期の過酷な戦争体験を、かろうじてまだわが身の直接の経験として語りうる世代が、今まさに最後の時間を過ごしつつ生存しているということだ。小中さんもそのひとり。終戦の昭和二十年（一九四五年）夏は、旧制の高等女学校入学の年にあたった。つまり自分の記憶として語ることのできる年齢に達していた。目次を見てもらったらわかるとおり、小中さんの人生は「満洲へ」と、当時満洲官吏となった父といっしょに暮らすため、家族全員奉天へ渡るところからはじまる。出航する客船の甲板に立って、七色のテープがゆらめき舞っているのを眺める描写は、おそらく記憶のなかの最初の風景（原風景）といってよいものだろう。あとはのちに母親から聞いたことなどがかさなって、いつのまにか自分が直接見聞きしたかのような記憶として残されていく。読みすすむにつれ、この混在した記憶状が鮮明な自分の記憶へと変化していく。成長していくからだ。そのまま戦争末期から敗戦直後への酷い経験に織り込まれていく。「憧れの女学校生活」の、一時間以上かけての列車通学の思い出などは、溌溂として、戦争末期の不自由な生活をしのばせながら楽しげだ。だが、まもなく敗戦。すでに十二歳の彼女は四人の弟妹の長女として母親の片腕となっている。そして、暴徒化した現地人に襲われて、無惨にも横死する父親を目撃することになる。

「そこに横たわっている黒い物体はあの頼もしい父に違いはなかった。月明かりとローソクのあかりで見た父の顔は、思わず眼を逸らすほどで頭からドクドクと流れる血にまみれて、片方の眼球は大きく飛び出し、顔全体は二倍ほどに腫れあがって、全身打撲と骨折で虫の息だった。足元に立ちただ私は心の中で助かるようにと無心で祈っていた」

自分史としてはおそらくこれが限度であろうと思われるぎりぎりのところを、冷静に鋭い客観描写で綴っている。今居る家族やそれにつづく未来の家族に残したい、第一のメッセージとしての思いも強く伝わってくる。ここから戦後の時間がはじまり、そして今この一冊の自分史へとたどり着いた。

　あと、内容については、私がごたごた語る必要はあるまい。ひと言書き添えるとすれば、敗戦直後の父の惨死という、小中さんの一生を通じた最大の不幸については今語ったとおりだが、戦後いろいろな困難に突き当たりながら、あと小中さんがたどったこし方には意外に温み（ぬくみ）があるということだ。家族はむろんのこと、登場する周りの人たちもまた、いろいろなことがありながらどこか誠実にいたわり合いながら（その点では貧しくとも仕合わせな時間の連続）、生活している。むろん、書いている小中さんの人柄ということもあろう。でも営みそのものが救いであるという認識は、私たち誰もがたいせつにせねばなるまい。

　ついでながら、私が小中さんのこの自分史執筆にあたり、ひとつだけヒントをあたえたとすれば、それはけっして長い文章でまとめて書こうとするのではなく、また書きつけたい思いだけを先走りさせるのではなく、一篇一篇長くても十枚以内で、すべてを挿話（エピソード）風に書きとめていくことだった。順不同で、書けることから書いていく態度だった。それで一応書きあげたところで年代順に並べて読み返してみる。そこで抜けていると思ったら書き足すという手法で、私自身はそこをひとつずつブロックを積み上げるように書き溜めようと説いた。

　小中さんがメンバーのこの八尾文章クラブは、平成二年（一九九〇年）八尾市の市民センターのエッセイ教室にはじまった自主講座グループで、毎月二回牛歩のような足取りで二十五年間続けてきた。ジャンルや主題にかかわりなく、書いてきたものをその場で読み批評するというスタイルを通してきた。おかげではじめからの人はここで二十五歳年をとったことになる。しかし、文を通してそのなかから知ることも多いから、たがいにとても長い歳月にわたっておつき合いしてきたような気分にもなる。そのうえで、私は生涯教育の一環としても、「たがいの最後に立ち合うことのできる人間関係の場」でありたいと願う。その意味では小中さんの今度のこの本も、メンバーとしては十冊目となる。同時に人生が終わらぬ限り終わりもいるまい。

かくて、小中和子さんはつつましくおだやかに、過ぎ越しの人生について語った。私たちはこうして私たちの歴史を切り拓く。

と、さらなる期待を込めて、ひとりずつの手から手へ、このひたむきな一冊を捧げたい。

平成二十七年　収穫月（メシドール）

小中和子（こなか かずこ）
現住所　〒581-0015
大阪府八尾市刑部 1-180-1

私の歩んだ道――私の昭和・私の平成
二〇一五年八月一日発行
著　者　小中和子
発行者　松村信人
発行所　澪　標　みおつくし
大阪市中央区内平野町二-三-十一-二〇三
TEL　〇六-六九四四-〇八六九
FAX　〇六-六九四四-〇六〇〇
振替　〇〇九七〇-三-七二五〇六
印刷製本　株式会社ジオン
DTP　山響堂pro.

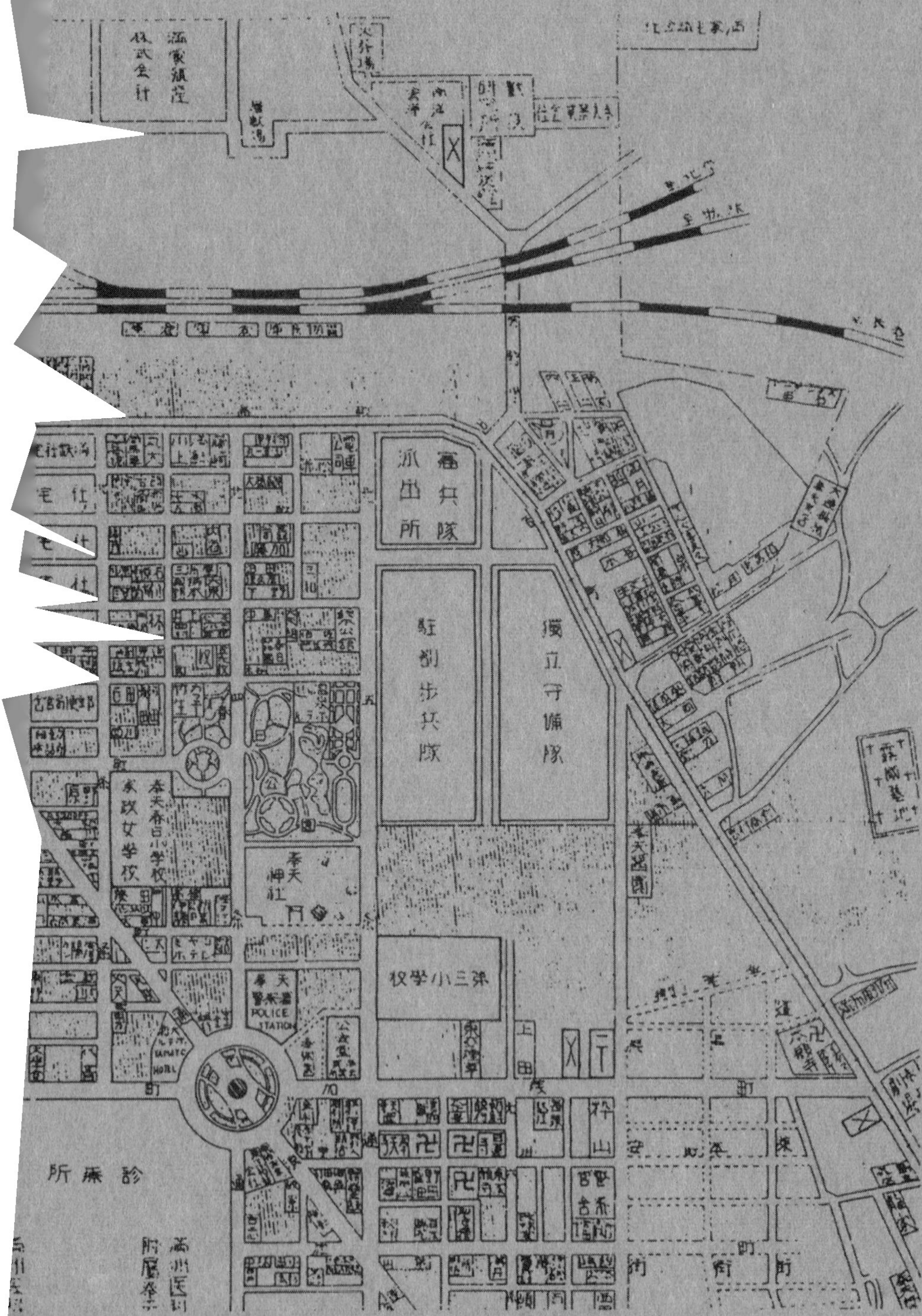

憲兵隊派出所
駐劄歩兵隊
獨立守備隊
奉天春日小学校
家政女学校
奉天神社
第三小学校
奉天警察署
POLICE STATION
診療所

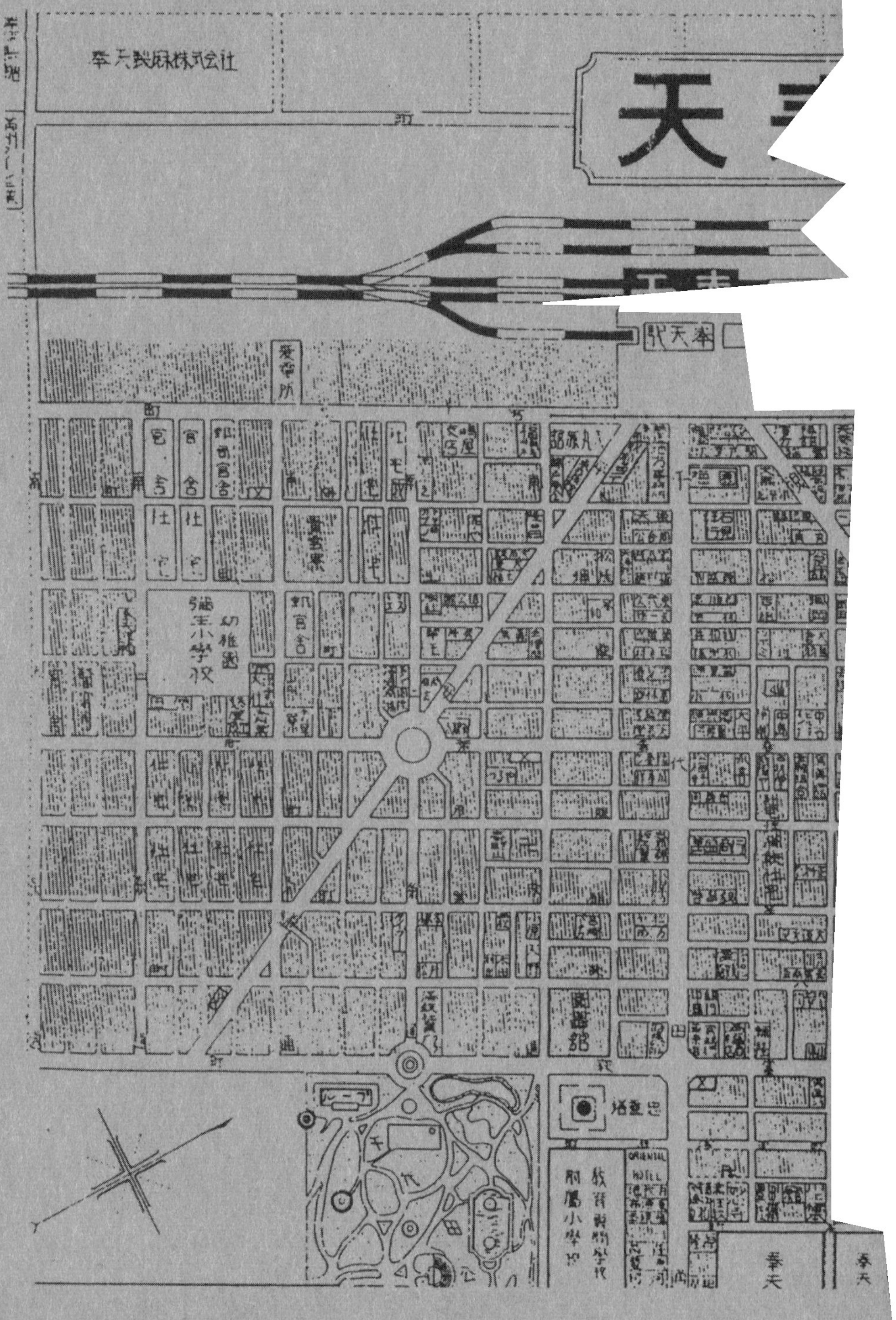

奉天製麻株式会社
天
奉天駅
幼稚園
小学校
官舎
住宅
附属小学校
奉天